Nuova Narrativa Newton
1437

Di Marcello Simoni la Newton Compton ha pubblicato:

La saga del mercante di libri:

Il mercante di libri maledetti
La biblioteca perduta dell'alchimista
Il labirinto ai confini del mondo
Il segreto del mercante di libri
La profezia delle pagine perdute

La *Codice Millenarius Saga*:

L'abbazia dei cento peccati
L'abbazia dei cento delitti
L'abbazia dei cento inganni

La *Secretum Saga*:

L'eredità dell'abate nero
Il patto dell'abate nero
L'enigma dell'abate nero

Le indagini di Vitale Federici:

La cattedrale dei morti
La taverna degli assassini

Altri romanzi e raccolte di racconti:

L'isola dei monaci senza nome
Il mistero delle dieci torri
Il castello dei falchi neri
Il profanatore di tesori perduti
L'enigma del cabalista

Illustrazioni di Marcello Simoni
Copertina © Sebastiano Barcaroli

Prima edizione: ottobre 2024

ISBN 978-88-227-8854-2

www.newtoncompton.com

Realizzazione a cura di Pàgina
Stampato nell'ottobre 2024 da Puntoweb s.r.l., Ariccia (Roma)

Marcello Simoni

Il teatro dei delitti

Un'indagine di Vitale Federici

Illustrazioni dell'Autore

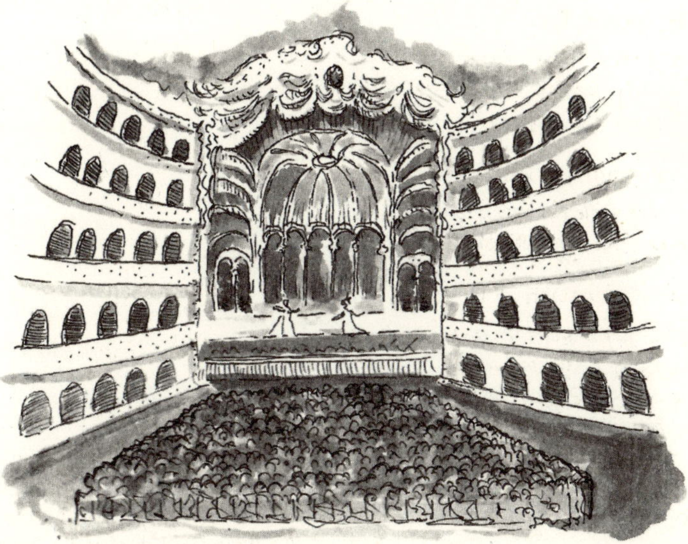

Newton Compton editori

«Credo siano i miei occhi stanchi a creare questa visione incredibile. Avanza verso di me. Sei qualcosa? Sei qualche dio, qualche angelo, o qualche demone, che mi fa raggelare il sangue e rizzare i capelli?».

William Shakespeare, *Giulio Cesare*

«Fummo vittime di una sorta di allucinazione resa possibile dalla semioscurità della sala e dalla penombra in cui era immerso il palco».

Gaston Leroux, *Il fantasma dell'Opera*

PROLOGO

Firenze, Teatro della Pergola
10 febbraio 1794

Il tempio aveva un aspetto maestoso e cadente. Un rudere cinto da fregi e colonnati che ricordavano i disegni dei viaggiatori giunti da Persepoli e da Babilonia. Proprio come le statue delle due divinità rappresentate ai lati dell'ingresso. Immagini rubate all'Oriente caldeo, o forse ai lidi della remota Frigia. Anche se, a onor del vero, i dipinti del fondale scenico avrebbero dovuto ispirarsi alla terra d'Egitto.

Divertita da quel gioco di contraddizioni, la contessina Ludovica di Corvino si sporse sul davanzale del palchetto e, avvicinato un piccolo cannocchiale all'occhio destro, puntò l'attenzione sulla sacerdotessa di Iside, una giovane alta e biancovestita ritta al centro del palco, mentre un coro di accoliti assiepati tra le colonne iniziava a intonare un canto dal tono drammatico.

«Per l'amor del cielo», s'insinuò una voce. «Datevi un po' di contegno, figlia mia».

La contessina finse di non aver udito. Sua madre era una creatura antica. Più antica delle architetture dipinte sul fondale del palcoscenico. Non tanto per via dell'aspetto, che anzi resisteva con sorprendente accanimento allo scorrere degli anni, quanto del suo atteggiamento da moralista, con cui usava puntualmente mettersi in ridicolo durante gli eventi mondani.

«Insomma!», non si dava requie la donna, agitandosi sulla poltroncina a fianco della figlia. «Mettetevi a sedere composta, prima che qualcuno vi noti».

«Chi volete che si curi della mia posa?», sbuffò Ludovica. «Qui son tutti rapiti dalla bella sacerdotessa Azema. Non l'avete riconosciuta? È Teresa Bertinotti, il famoso soprano».

«Quell'impudica civetta», si esacerbò la madre. «Altro che gran sacerdotessa! Con quella scollatura, sembra appena uscita da un lupanare».

«Certe vostre amiche ne esibiscono di assai più audaci», le rammentò la figlia, beffarda, per poi zittirla con un cenno.

Annunciato da un crescendo del coro, un carro trionfale stava entrando sul lato sinistro del proscenio. Un'apparizione magnifica non tanto per la fastosità del carro stesso, quanto per l'invisibile prodigio meccanico grazie al quale quel mezzo di trasporto fatto di legno, stoffa e cartapesta avanzava verso il centro della scena con la leggerezza di una nave cullata dalla marea. Le ruote immobili simili ad abnormi dischi dorati, le balaustre dall'aspetto marziale ma realizzate con fragili stucchi... Tutto, in quel formidabile ordigno, era finzione costruita ad arte. Persino i cavalli.

Quasi provò sorpresa, la contessina di Corvino, nel vedere un uomo in carne e ossa levarsi in piedi dalla serpa.

«È Sesostri, il re d'Egitto», intervenne la madre, rianimata dall'apparizione di quella figura virile. «Lo interpreta Giovanni Ansani, l'insuperato tenore».

«Dunque avete letto il libretto», arguì Ludovica.

La donna si strinse nelle spalle. «Un'operetta da censura», sentenziò, ripiegando immediatamente nel suo stato di monacale dissenso. «Un dramma dedicato a un culto pagano! Vergogna! C'è da meravigliarsi che sua grazia il granduca l'abbia ammesso alla Pergola».

«Ma è Carnevale! Quale rappresentazione migliore di una rievocazione dei misteri di Iside per questo periodo dell'anno?», ribatté la contessina, per poi spostare l'attenzione verso l'ordine superiore dei palchi. «E in quanto al granduca, eccolo là, ben lieto di assistere allo spettacolo dal suo posto d'onore».

«Vergogna», si limitò a ripetere la madre.

Ludovica, intanto, era tornata a fissare il palcoscenico. Appena in tempo per vedere l'avvenente Azema che arretrava verso il margine destro della ribalta nel tentativo di sottrarsi al fin troppo ardito corteggiamento del re d'Egitto.

«*Ah, signor…*», gorgheggiava minacciosa la sacerdotessa. «*D'Iside il santo culto / La ministra degli altari / Sposa non vuole a un mortal, se prima / Nei tremendi misteri / Iniziato egli non venga dal ciel…*».

«*Basta!*», la interruppe Sesostri, con un potente vibrato. «*Mancava / Questo alla gloria mia! / Non conobbi timor. Se cento volte / Nei campi dell'onor sfidai la morte, / Per così caro oggetto / Affrontarla saprò. Qual è il cammino? / Quali le prove son?*»

«*Deh, mio re, non esporti al gran periglio!*», intonò un terzo personaggio, il sacerdote di Osiride, facendo il suo ingresso sul palco.

Ecco l'autentico messaggio contenuto nel dramma, pensò tra sé la contessina. Per amore, se di amore davvero si trattava, un uomo avrebbe affrontato anche il fuoco dell'inferno. Altro che la celebrazione dei riti pagani, come inquisiva quella ipocrita di sua madre! L'amore era la pietra angolare su cui poggiavano le fondamenta della storia, dell'universo e della poesia.

Nessuno stupore, pertanto, quando vide l'orgoglioso Sesostri gettarsi ai piedi di Azema in uno slancio di risolutezza. «*Troppo gran prezzo / Azema è la tua mano, ed il tuo cuore…*».

Ludovica di Corvino non udì nient'altro.

Il suo sguardo, reso tre volte più acuto dalle lenti del cannocchiale, aveva colto un violento palpitare di luci proveniente da un arco situato fra le colonne del tempio dipinto sul fondale.

Quindi scrutò con maggior attenzione in quel punto.

Fino a quando un grido d'orrore non le straripò dalle labbra, lacerando la sala teatrale.

ATTO PRIMO
LA SCATOLA MAGICA

1

«Uno strepito!», esclamò Vitale Federici, scattando in piedi dalla poltroncina.

«L'ho udito anch'io», disse il giovane Bernardo della Vipera, mentre cercava di guardare oltre la gigantesca parrucca indossata da una dama seduta davanti a lui. «Sembrava la voce di una donna».

«Signori miei, non proferite sciocchezze», minimizzò il granduca di Toscana, impegnato a seguire lo scambio di battute tra Sesostri e Azema. «Si sarà trattato della stecca di un corista, o magari di un effetto voluto».

Vitale, tuttavia, aveva già raggiunto la balaustra del palchetto per scrutare la platea e le assise verticali simili a un enorme, ombroso alveare raccolto davanti allo spazio scenico. Fortuna voleva che, in quanto ospite della corte granducale, si trovasse sull'ordine di palchi più elevato, il quinto, e godesse pertanto di un'ottima vista della sala teatrale.

«Scorgete nulla, maestro?», gli chiese Bernardo non appena fu giunto al suo fianco.

«Insomma, messer della Vipera!», soggiunse Ferdinando III con tono piccato. «Voi e il vostro precettore vorreste essere così gentili da tornare a sedere?», e allungando una mano alla propria sinistra sfiorò quella della sua splendida consorte, Luisa Amalia di Borbone. «Sono mortificato per l'inconveniente, mia adorata».

Dopo aver abbozzato una smorfia sardonica, la granduchessa nascose il viso dietro una maschera di pizzo e perle. Un atteggiamento che parve suscitare una sottile inquietudine nel marito. Ma non in Vitale, che perseverò a guardare sotto di sé come una poiana in cerca della preda.

Fino a quando, d'un tratto, non risuonò un secondo grido.

«Una voce di donna», confermò Bernardo, sistemando sul naso gli occhiali troppo piccoli per la sua faccia paffuta. «Proviene dalla terza balconata».

«Dalla seconda», lo corresse il maestro, indicando l'apertura di un palchetto affacciato sul lato di sinistra.

Probabilmente Ferdinando III si sarebbe ostinato a far finta di nulla, se persino gli artisti intenti a esibirsi sul palcoscenico non avessero interrotto di colpo la recita per guardarsi intorno con sconcerto, mentre tra le assise, soprattutto quelle prossime al punto da cui erano provenuti gli strepiti, iniziava a serpeggiare una quasi palpabile inquietudine.

«Dev'essersi verificato un fatto increscioso», concluse Vitale, indirizzando un'occhiata preoccupata al granduca.

«Non siate drammatico, signor Federici», fece quest'ultimo, fomentando un attimo di ilarità tra la mezza dozzina di aristocratici imbellettati e imparruccati che gli sedevano intorno. «Magari è una quisquilia».

«Con tutto il rispetto per vostra grazia illustrissima», insistette il precettore, «grida del genere non sono certo cosa da potersi ignorare».

«Non mi starete chiedendo d'intervenire!», si schermì Ferdinando di Toscana. «Ho al seguito solo il mio valletto personale e un numero di armigeri appena sufficienti a vegliare su di me e sulla mia regale moglie».

Prima di ribattere, Vitale rammentò a sé stesso di essere una formica dinanzi a uno degli uomini più potenti del mondo. Il semplice trovarsi al suo cospetto e fissarlo negli occhi rappresentava già un enorme privilegio. O almeno, lo sarebbe stato per chiunque altro eccetto lui, uso a venerare sopra ogni altra cosa il raro dono dell'intelligenza. «Se mi concedeste la grazia di farmi accompagnare da uno dei vostri armati», disse pacato, «andrò a controllare io stesso. Col vostro benestare, naturalmente».

«Sciocchezze!», sbuffò il granduca. «Voi siete al seguito di un mio prezioso ospite, il primogenito del conte Artemio della Vipera. Non sia mai che venga messa a repentaglio la vostra vita».

«Allora l'ammettete che non si tratta di una questione da poco!».

«Forse sì, forse no. Ma restando qui, su questo palco elevato e separato dagli altri spettatori, non correrete alcun rischio».

«Come se fosse possibile restare con le mani in mano dopo aver sentito una donna gridare di paura!», replicò Federici, indirizzandosi verso l'uscita del palchetto. «Con vostra licenza, vostra grazia!», e disegnò un rapido segno di congedo.

«Per Sacripante, va bene!», si arrese Ferdinando III, dopo aver lanciato un'occhiata rassegnata alla moglie. «Vi concederò di essere accompagnato da uno degli uomini della mia scorta. Ma state attento, signor Federici! Se non per me, fatelo almeno per il vostro pupillo. Questo nobile rampollo ne avrebbe certo a soffrire, se a causa di una sciocca prodezza si ritrovasse privato del suo precettore!».

C'era una vena di sarcasmo in quelle parole. Una provocazione alla quale Vitale non ebbe il tempo di replicare, dal momento che Bernardo, gettatosi sulle spalle il suo mantello di velluto, lo raggiunse con solerzia.

«Dove credete di andare, mio giovane signore?», lo apostrofò contrariato il granduca di Toscana.

«Se conosceste il mio maestro come lo conosco io», rispose il ragazzo, mostrando un sussiego che rese orgoglioso Vitale, «sapreste che egli è solito impartire i suoi migliori insegnamenti nelle circostanze in cui si prodiga ad aiutare il prossimo!».

E non appena il precettore ebbe varcato l'uscita, lo seguì senza il minimo indugio.

2

Quando Vitale e Bernardo raggiunsero il secondo piano delle assise, il corridoio di disimpegno collegato ai palchetti era già affollato.

«Come immaginavo», commentò il precettore. «Non siamo stati gli unici a essere stati richiamati dagli strepiti».

«Tanto meglio!», sentenziò l'armigero messogli al seguito da Ferdinando III, un austriaco largo come un barile e con due enormi baffi biondi che parevano essergli stati incollati sotto il naso rubizzo. «Che siano altri a far luce sul mistero».

«Nemmeno per sogno», lo rintuzzò Federici, mentre si faceva largo tra la calca radunata davanti all'ingresso del tredicesimo palco.

Proprio sull'uscio, nel bel mezzo della confusione, c'erano due dame agghindate con alte parrucche e abiti pretenziosi che richiamavano con balze, nastrini e ampie gonne passate di moda lo sfarzo delle aristocratiche di alto lignaggio.

«A giudicare dalle espressioni atterrite di quella coppia di sventurate», arguì Bernardo, osservandole con attenzione, «dev'essere stata una di loro a gridare».

«Lasciate che sia io a interrogarle», replicò Vitale, imponendogli di restare un passo dietro di lui. Ma non fece in tempo ad avvicinarsi alle donne che la più giovane delle due parve riconoscerlo e, messo da parte lo spavento, marciò impettita al suo cospetto e lo schiaffeggiò.

«Quale coincidenza...», balbettò Federici, vinto dalla sorpresa per via di quell'incontro inaspettato. «Contessina di Corvino... siete proprio voi!». Poi si voltò verso la dama dall'aspetto più maturo. «E c'è anche vostra madre, la contessa Astolfa... Consentite che vi porga i miei ossequi, mia signora».

Ma anche quest'ultima lo colpì con uno schiaffo.

«In nome del granduca!», si mise in mezzo l'armigero austriaco. «A ripagar quale onta ambiscono simili percosse?»

«Nulla di cui darsi pensiero, buon uomo», lo placò il precettore, invitandolo con un sorriso di circostanza a mettersi da parte. «Tutto nacque da un increscioso qui pro quo».

«Qui pro quo?», ripeté furibonda Ludovica di Corvino. «È così che avreste la sfrontatezza di definirlo?»

«Be', io...», tentò di giustificarsi Vitale.

«Passi per quanto accadde tra me e voi!», lo incalzò la contessina, in un crescendo di livore. «Ma approfittarvi addirittura di mia madre...».

«Ludovica!», intervenne Astolfa, così imbarazzata che il rossore del volto le traspariva attraverso i nivei strati del belletto. «Vi proibisco categoricamente di aggiungere una sola parola in pubblico!».

«Come avete osato?», continuava tuttavia a inveire la figlia, gli occhi inchiodati sul povero Federici. «Vi avevamo accolto, protetto, introdotto nella sfera dei nostri amici più cari! E voi, invece...».

«Vi assicuro che i miei sentimenti erano sinceri», la interruppe lui.

«Verso quale di noi due?», lo schernì con amarezza Ludovica, alludendo a sé stessa e poi alla madre.

«Non è certo il momento di affrontare simili discorsi», s'inserì Bernardo, comparendo provvidenzialmente al fianco del suo precettore. «Se io e il mio maestro ci troviamo qui, è su licenza del granduca, al fine di scoprire cos'abbia provocato gli strepiti che poc'anzi si sono uditi provenire da questo luogo».

«Il granduca, avete detto?», sobbalzò Astolfa, sbattendo le ciglia.

«Ebbene?», insistette il giovane. «È stata una di voi a gridare?»

«Come stavo giusto rivelando alle persone qui sopraggiunte», rispose Ludovica, dopo essersi ricomposta, «sono stata io».

«Per quale ragione?», le chiese Vitale.

«Tacete, voi!», lo sferzò la contessina. «A prescindere dalla gravità della situazione, non ho alcun desiderio di rivolgervi la parola!».

«Dite a me, allora», tentò di rabbonirla Bernardo.

«Niente affatto!», sentenziò una voce dal timbro baritonale. «Se questa nobile fanciulla dovrà parlare con qualcuno, questi sarò io!».

Tutti si voltarono verso un individuo di mezz'età, marsina, gilet e culottes in taffettà di seta turchese, intento a farsi largo tra i presenti.

«E voi chi sareste?», lo fulminò Vitale.

«Francesco Cecchi, direttore del teatro», si presentò l'interpellato, mentre si produceva in un rapido inchino che mise in risalto la sua vaporosa parrucca. Quindi avanzò verso la contessina di Corvino e le prese le mani. «Dunque, mia signora?», le chiese con ferma gentilezza. «Vorreste essere tanto cortese da spiegare cos'abbia suscitato in voi uno spavento così grande da indurvi a interrompere, con le vostre grida d'allarme, la messa in scena?».

Ludovica esitò. D'un tratto sulla sua espressione adirata era calato un sudario di terrore capace di adombrare la fiamma delle sue iridi. «È presto detto», rispose infine, mentre la sua voce si affievoliva fino a tramutarsi in un sussurro sepolcrale. «Ho visto una donna che veniva decapitata».

3

Dopo aver allontanato la folla di curiosi con la preghiera che tornassero ai loro posti, Francesco Cecchi imboccò un labirinto di scale e corridoi di disimpegno diretti al palcoscenico. Con lui c'erano Vitale, Bernardo, l'armigero del granduca, la contessa Astolfa e Ludovica di Corvino.

«Una donna decapitata!», ribadiva quest'ultima, ossessiva, quasi fosse in procinto di sprofondare nel delirio. «L'ho vista sotto un arco del fondale, ne sono sicura!».

«Impossibile!», tentò di rassicurarla per l'ennesima volta il direttore del teatro mentre, tutto trafelato, superava l'ultima discesa che li condusse nel locale nascosto dietro le quinte. «Il fondale prospettico è completamente *dipinto*, capite?»

«Capisco quel che ho visto, e tanto mi basta!», replicò la giovane nobildonna, per poi arrestarsi insieme al resto della comitiva.

Erano appena giunti in quel che pareva l'interno di una straordinaria macchina occupata da argani, pulegge e contrappesi collegati a un sistema di corde fissate agli alti stangoni della soffitta. Un ambiente angusto e ombroso al quale si contrapponeva, pochi passi più in là, il luminoso spazio scenico dominato dal grande telo prospettico e dal carro trionfale di re Sesostri, oltre la cui mole si scorgevano gli attori, muti e immobili nei loro sfarzosi costumi, al pari di marionette private all'improvviso dei loro fili.

«Al mio segnale», disse Francesco Cecchi, rivolgendosi a un garzone appostato davanti a un complicato sistema di leve, «fa' calare il sipario». Quindi recitò uno scongiuro, rassettò la parrucca e s'incamminò risoluto verso il centro del proscenio. «Illustrissimi signor granduca e signora granduchessa, stimati membri dell'Accademia degli Immobili e devoto pubblico!», esordì col timbro degno di un cantante lirico nel pieno della sua carriera. «Vi prego di perdonare questa sgradevole interruzione che ci obbliga a sospendere, *per un attimo soltanto*, il sublime melodramma in musica delle *Feste d'Iside*! Vi chiedo un momento di attesa, un brevissimo momento, con la promessa che lo spettacolo riprenderà come da programma!».

A rispondergli, in principio, fu il silenzio cavernoso proveniente dalla platea e dalle assise dei cinque ordini di palchi raccolti a U davanti alla scena. Poi si udì il primo fischio, seguito da una valanga di pernacchie e di improperi che crebbero fino a tramutarsi in un boato capace di far tremare le pareti del teatro.

«Sipario!», ordinò con prontezza mastro Cecchi, seguito dal pesante ondeggiare dei tendoni che in un lampo occultarono il palco agli occhi degli spettatori, trasformandolo in un ambiente cupo e surreale, vibrante del fatuo baluginare delle candele.

«Grazie al cielo», sospirò a quel punto il direttore, «pare l'abbiano presa abbastanza bene».

«Voi dite?», replicò Vitale, andandogli incontro insieme al resto della comitiva. «Per un attimo ho temuto che reclamassero la vostra testa!».

«Andò molto peggio sei anni fa, per le *Nozze di Figaro*», spiegò Cecchi. «A fine spettacolo, il pubblico se ne restò sprofondato in un tale mutismo da infondere il gelo nelle vene».

«Per l'inferno!», s'intromise il primo tenore, avanzando nei panni sontuosi di re Sesostri. «Si può sapere cosa diavolo succede?»

«Abbiate pazienza, maestro Ansani», tentò di placarlo il direttore.

Il divo, tuttavia, che non era famoso per la sua docilità di carattere, lo afferrò per il colletto della marsina e iniziò a scuoterlo come una bambola di pezza. «Pazienza?», sibilò. «La pazienza potete chiederla a quei citrulli degli spettatori! Io esigo spiegazioni, avete capito? Spiegazioni!».

«Giovanni! Giovanni!», intervenne la bella Azema, alias Teresa Bertinotti. «Ricomponetevi, ve ne prego! Cosa direbbero i vostri ammiratori, se vi vedessero in questo stato?»

«Meglio che riposiate la voce, sacerdotessa dei miei stivali!», la rimbeccò Ansani, riversando sulla giovane cantante tutta la sua frustrazione. «All'apertura del primo atto sembravate ragliare come una mula, ve ne siete accorta?»

«E voi allora?», s'inviperì Teresa Bertinotti. «Siete più goffo di un ubriaco! Scendendo dal carro, c'è mancato poco che inciampaste e finiste nel sottopalco!».

«Come osate?», reagì Giovanni Ansani, ormai dimentico della disputa col direttore. «Voi e quel vostro insulso squittire di muliercola! Sarebbe stato mille volte meglio se a interpretare Azema fosse stato un sopranista!».

«Un bell'eunuco magari!», ironizzò malignamente la cantante. «Un efebo abbastanza giovane e prestante da intrattenervi dopo lo spettacolo!».

«Ora basta!», tuonò Francesco Cecchi. «La questione è seria e va risolta alla svelta, altrimenti addio spettacolo!».

«Eh, no! Lo spettacolo no!», moderò subito i toni Ansani. «Non posso permettermi un fiasco!».

«Nemmeno io!», convenne madonna Bertinotti, iniziando a camminare avanti e indietro nel suo candido mantello da sacerdotessa.

«E il ricavato dei biglietti?», si unì alle lamentele il baritono, Cesare Biscossi, nei panni del sacerdote di Osiride. «Non dovremo rimborsarlo, spero!».

Anziché curarsi di loro, il direttore si voltò verso Ludovica. «Ebbene, mia signora?», e le indicò il telone prospettico. «Quale sarebbe l'arco attraverso il quale avreste visto compiersi il delitto?»

«Un delitto?», sobbalzò Teresa Bertinotti, portandosi le mani davanti al viso truccato all'orientale. «Oddio! È morto qualcuno?»

«Ancora non ne siamo certi», volle rassicurarla Vitale.

La contessina di Corvino, nel frattempo, aveva preso a camminare lungo il grande tendone dipinto, muovendosi tra il palpitare delle candele e ampi spazi d'ombra gettati sul palco dal sipario. «Non sono sicura quale sia il punto esatto...», rimuginò. «Sembra tutto molto diverso rispetto alla vista di cui si gode dall'alto delle balconate».

«Era sul lato di sinistra della scena», giunse in suo soccorso la madre.

«Avete assistito anche voi all'omicidio?», s'informò Federici.

Madonna Astolfa scosse il capo. «Non ero provvista di cannocchiale», spiegò. «Guidata dai gesti di mia figlia, ho colto soltanto un vago movimento di chiaroscuri».

«Cosa intendete per chiaroscuri?», domandò Francesco Cecchi, sempre più corrucciato.

«Ricordavano quelli provocati da una persona che s'interpone alla bocca ardente di un camino», spiegò la dama.

«Alludete a un'immagine in controluce?», insistette il direttore.

«Ecco, è qui», li interruppe la voce di Ludovica. La giovane si era fermata davanti alla superficie apparentemente piatta del telone scenico, davanti alla rappresentazione prospettica di un ingresso tenebroso coronato da un arco inscritto fra i candidi fusti di due colonne.

«Embè?», non poté frenare la delusione Bernardo, fino ad allora rimasto in silenzio vicino al suo precettore. «Si tratta di una semplice immagine dipinta su un tessuto».

«Cos'altro dovrebbe essere?», ironizzò Giovanni Ansani, caustico. «Ci sono passato davanti proprio un attimo fa! Oh, poveri sciocchi! Quella porta è una mera illusione ottica realizzata dal pennello di un artista».

Sorda a quelle parole, la contessina di Corvino si avvicinò all'ingresso rappresentato sul fondale e fece per toccarlo. E provocando un sussulto di generale sgomento, la sua mano, e poi il braccio intero, sprofondarono *all'interno* di quel varco. In una tenebra densa di mistero.

4

«Inaudito! Inammissibile!», non si capacitava mastro Cecchi, mentre guardava la contessina di Corvino varcare il nero portale come se stesse attraversando uno specchio incantato.

Non meno sbalorditi apparivano gli attori, primo fra tutti l'orgoglioso Ansani, intento a scuotere il capo con una smorfia d'incredulità. In quanto alla Bertinotti, accennava ad arretrare verso le quinte emettendo un sottile gemito di sgomento.

L'unico a mantenere i nervi saldi, Vitale, spronò invece il suo giovane discepolo a seguirlo verso il misterioso passaggio. «Si tratta proprio di un'illusione volta a ingannare l'occhio umano», confermò al primo tenore, non appena giunse davanti all'ingresso aperto nel telone. «Però, al contrario di quanto da voi poc'anzi asserito, il suo scopo era quello di far credere fittizia una soglia che, al contrario, è vera».

«Ma non ha alcun senso...», balbettò Ansani.

«Quel buco *non dovrebbe esistere*! Per quale motivo si trova lì? E chi l'avrebbe fatto?»

«Domande premature», lo liquidò Federici. «Per il momento, dovremo contentarci di scoprire dove conduce». E così dicendo oltrepassò il varco, ritrovandosi immerso in un'oscurità talmente fitta che gli ci volle un attimo per percepire la presenza di Ludovica, benché ferma davanti a lui.

«Non capisco...», mormorava la contessina con un fremito nella voce. «Dovrebbe essere qui...».

«A cosa vi riferite?», la interrogò Vitale.

«Alla donna», fece lei, mettendo da parte l'avversione a parlargli. «La donna che ho visto decapitare da un colpo di spada».

«Ne siete sicura?»

«L'ho vista! Se ne stava proprio qui, in piedi... fino a quando non è stata sorpresa da un figuro che con un sol fendente le ha spiccato la testa dal collo».

Anziché esprimere opinioni, Vitale si voltò verso Bernardo, trovandolo intento a indugiare sulla soglia. «Siate gentile, amico mio», disse, «andate a recuperare un lume».

Lieto di allontanarsi dal tenebroso recesso, il giovane si dileguò per ripresentarsi un attimo dopo con un candelabro da scena che, di primo acchito, parve non fugare alcuna ombra. A dispetto dell'intenso baluginare della fiamma, le pareti di quello strano ambiente restavano, infatti, più nere dell'inchiostro, come pure il pavimento e il soffitto, al punto da non consentire né a Vitale né a Bernardo di cogliere le effettive dimensioni dello spazio racchiuso fra di esse. Soltanto la figura di Ludovica era diventata, d'un tratto, perfettamente distinguibile, emergendo al loro cospetto come una spettrale epifania.

«Questi tramezzi sono stati foderati con del velluto scuro, al fine di assorbire anziché riflettere la luce», spiegò Vitale. E dopo aver preso il candelabro, lo mosse intorno a sé fino a quando non ebbe individuato i contorni del luogo in cui si trovava. «Notevole!», commentò. «Si tratta di un vero e proprio cubicolo allestito sul lato retrostante del telone scenico. Un'autentica scatola nera realizzata con grande maestria. Anche se, in verità, assai più angusta di quanto ci fosse dato immaginare».

«Fin *troppo* angusta», ribatté Ludovica, ritrovando il suo spirito bizzoso. «Badate bene, pertanto, a tenere le distanze». Federici, tuttavia, le si era già avvicinato, sfiorandole un fianco.

«Screanzato!», scattò la contessina.

«Col vostro permesso», ironizzò il precettore, mentre s'inginocchiava per illuminare il pavimento. «Qui non c'è nulla», disse poi. «Né cadaveri, né alcuna traccia di colluttazione».

«Credete che mi sia sognata quell'orribile scena?»,

ribatté la dama, esagitata. «O che mi sia ammattita?».

Sordo a quelle parole, Vitale si rialzò in piedi e diresse l'aura dorata del candelabro verso il punto d'incontro tra due pareti.

«Ebbene?», continuò a incalzarlo Ludovica. «Perché non mi rispondete?».

Dopo averle fatto segno di pazientare, Federici continuò il suo esame sul lato opposto dell'ambiente, indirizzando la luce dal basso verso l'alto, in corrispondenza dell'angolo di congiunzione tra altre due pareti. Fino a quando, all'improvviso, non si fermò.

«Lo vedete?», domandò soddisfatto.

«A cosa vi riferite?», replicò la contessina di Corvino.

Prima che Vitale potesse spiegare, la vaporosa parrucca di Francesco Cecchi s'insinuò tra di loro.

«Ordunque, signori miei?», esclamò il direttore con una nota d'insofferenza. «Avete trovato qualcosa?»

«Sì, in effetti», rispose il precettore.

«Bene, molto bene!», si compiacque Cecchi. «Qui non si può certo aspettare in eterno! Lo spettacolo deve continuare!».

«Tutto a suo tempo, signore mio».

«Cosa vuol dire?».

Dopo aver abbozzato un sorriso indecifrabile, Vitale spostò di nuovo il candelabro verso il punto che poc'anzi stava mostrando a Ludovica e illuminò, al fine che tutti potessero distinguerla, una cordicella appesa al margine superiore di una parete.

«Orbene?», si lasciò sfuggire mastro Cecchi.

«Chiunque sia stato così ingegnoso da realizzare in modo clandestino un simile cubicolo», sentenziò Federici, «avrà senz'altro provveduto a dotarlo di un passaggio che gli consentisse di entrarvi e di uscirne altrettanto segretamente, ossia senza passare davanti al telone scenico e agli occhi della platea».

«Quindi voi supponete...», intervenne Bernardo.

Il ragazzo non aveva ancora concluso la frase che Vitale tirò la cordicella, provocando il movimento improvviso di una parete che scivolò all'indietro, aprendosi come una porta.

Nessuno ebbe il tempo di proferir verbo.

Ogni esclamazione, ogni pensiero, fu anticipato dal grido inorridito di Ludovica di Corvino.

5

Oltre il passaggio che si era appena aperto a margine della camera oscura correva una lunga e sottile porzione di pavimento in assito racchiusa tra la facciata posteriore del tendone prospettico e una rappresentazione architettonica dipinta su un secondo tendone, probabilmente destinato a essere mostrato durante la scena successiva. Nello spazio compreso fra quei due mondi illusori, due corpi umani giacevano a terra, immobili. Il primo apparteneva a un uomo addobbato con un'armatura simile alle corazze dei cavalieri medievali. L'altro, invece, a una giovane donna con la testa staccata dal collo.

«Datevi requie, mia cara», disse Vitale, prendendo fra le braccia la tremante Ludovica di Corvino. «Non permetterò a nessuno di farvi del male». Quindi, affidando la dama alle cure dell'ancor più sgomento Bernardo, avanzò col candelabro proteso verso il macabro rinvenimento.

«Siate cauto, signor Federici!», lo mise in guardia Francesco Cecchi, mentre ripiegava attraverso la sala oscura in direzione del proscenio. «Benché a prima vista sembri defunto, il tizio in armatura stringe in mano una spada, ve ne siete accorto?».

Vitale annuì. «La stessa spada, suppongo, che avrà decapitato la sventurata donzella», specificò, insinuando una nota di sarcasmo che risuonò fuori luogo. Quindi, inginocchiatosi al cospetto dei corpi, emise una risatina indecifrabile. «Qui non scorgo pericoli, né alcun cadavere».

«Siete ammattito?!», sbottò la contessina. «E le due salme al vostro cospetto cosa sarebbero?»

«Venite a scoprirlo di persona», la invitò il precettore, sempre più criptico.

«Nemmeno per sogno!», protestò Ludovica, per poi stringersi in uno slancio di ribrezzo all'imbarazzatissimo Bernardo. «L'idea di guardar da vicino una vittima così orrendamente deturpata mi ripugna».

Sfidando ogni principio della decenza, Vitale raccolse la testa della defunta e la sollevò tenendola per i capelli, incurante dei visceri scarlatti che le pendevano dallo squarcio alla base del collo. «Vi riferite a *questa* vittima, mia cara?»

«Maestro, non è da voi!», s'indignò a quel punto Bernardo. «Mostrate un po' di rispetto per i resti di quella miserabile!».

«Osservatela con attenzione, amico mio», lo esortò il precettore, avanzando con la testa del cadavere fino al suo cospetto. «Possibile che non abbiate ancora notato nulla di singolare?».

Il giovane spalancò gli occhi in un lampo di sbalordimento. «Per mille diavoli!».

«Oh, bene!», sorrise compiaciuto Vitale. «Ci siete arrivato!».

«Si può sapere cosa state confabulando voi due?», s'insinuò la voce di mastro Cecchi, accompagnata dal brusio degli attori intenti a spiare dietro le sue spalle. «E voi, signor Federici, vorreste essere tanto cortese da posare quel lugubre trofeo?»

«Ai vostri comandi!», obbedì Vitale, gettando la testa mozzata ai piedi del direttore mentre Ludovica lanciava l'ennesimo grido.

Finché, all'improvviso, tra i presenti non calò un attonito silenzio.

«Che mi venga un colpo!», lo ruppe mastro Cecchi, gli occhi fissi sulla testa ruzzolata fino al suo cospetto. «È... è *un fantoccio*!».

«Non esattamente», specificò Federici, sollevando dal pavimento il corpo dell'uomo in armatura. «Si tratta di *automi*», e gli mosse la testa e il braccio armato di spada, provocando un rumore di ingranaggi simile a quello emesso da un orologio. «Macchine semoventi. Congegni azionati da una carica a molla e concepiti allo scopo di suscitare meraviglia, come i demoni ideati dello scienziato Manfredo Settala e gli uccelli canterini di Philip Lemarchand».

Il direttore non riusciva a levarsi l'espressione di stupore dalla faccia. «E cosa ci farebbero siffatti ordigni nel retroscena?».

Anziché rispondergli, Vitale posò sul pavimento l'automa a forma di armigero e tornò a concentrarsi sulla testa femminile, facendo notare ai presenti che i visceri fuoriusciti dal collo erano in realtà fili di lana e nastri di stoffa rossa.

Dopodiché si rivolse a Ludovica. «Osservate bene questi manichini, mia cara. Assomigliano per caso al carnefice e alla vittima che avete visto sotto l'arco, mentre stavate seguendo lo spettacolo?»

«Su quello con la corazza non posso esprimermi», ribatté la contessina di Corvino. «Dell'assassino, ho solo intravisto la spada e la sua sagoma in penombra... Ma la donna tagliata a metà...», e scrutò l'automa femmina. «Non escludo possa trattarsi di lei».

«Non siate affrettata nel rispondere», la invitò il precettore. «Rammentate un particolare in grado di confermare al di là di ogni dubbio le vostre parole?».

La giovane abbozzò una smorfia beffarda. «A parte il fatto che questa specie di marionetta sia stata decapitata come la donna che ho visto?»

«Per l'esattezza», la incalzò lui.

«In tal caso...», rimuginò Ludovica. «I capelli biondi. La vittima che ho scorto col cannocchiale aveva i capelli dello stesso colore. E anche l'abito», aggiunse un attimo dopo. «Ricordo d'aver pensato quanto fosse ridicola con quelle assurde maniche a sbuffo e una gorgiera di pizzo passata di moda».

«Dunque si è trattato di uno scherzo!», tirò le somme Bernardo, suscitando non pochi sospiri di sollievo tra mastro Cecchi e gli attori raccolti alle sue spalle. «La contessina avrebbe semplicemente visto due automi che, azionati da mano ignota, simulavano la scena di un omicidio. Un truce gioco di prestigio! Un'illusione simile a quelle che si possono ammirare dentro i pantoscopi e al cospetto delle lampade magiche cinesi».

«Che si sia trattato di un inganno, è palese», sentenziò Vitale, con tono niente affatto rilassato. «Ma a quale scopo allestire una messinscena così elaborata?»

«Ora basta perder tempo!», tentò di tagliar corto il direttore. «Uno scherzo è uno scherzo, punto e basta! A che pro insistere su tali minuzie?»

«Minuzie?», ripeté caustico Federici, mentre la sua fronte si aggrottava pesantemente. «Allora, messer Cecchi», soggiunse per poi dirigersi, candelabro alla mano, verso il punto del retroscena in cui aveva reperito gli automi, «come spieghereste questa macchia di sangue sul pavimento?».

6

Sembrava proprio una macchia di sangue.

Davanti agli sguardi inquieti di Bernardo, di Ludovica e di mastro Cecchi, Vitale la illuminò con il candelabro, studiando il modo in cui quel segno scarlatto si disponeva sull'assito del pavimento formando uno sbaffo lungo circa una spanna. «Parrebbe un fiotto di sangue uscito da una ferita provocata da un'arma bianca», inferì. «Dev'essere fuoriuscito nel momento in cui la lama è stata estratta dalla carne. Una lama corta, credo, di daga o di pugnale, a giudicare dalla scarsa quantità di gocce presenti intorno alla chiazza».

«Non capisco...», s'insinuò la voce del direttore. «Non s'era parlato di una semplice messinscena?»

«Evidentemente non si è trattato solo di quello», ribatté Bernardo. «È accaduto ben altro, in questo luogo».

«Prima o dopo il verificarsi della finta decapitazione?», non poté evitare di chiedersi la contessina di Corvino.

«Domanda intelligente», si complimentò con lei Federici, mentre estraeva un fazzoletto da una tasca e lo intingeva nel liquido vermiglio per saggiarne la viscosità. «D'altro canto», seguitò, «ignoriamo ancora se questo sangue, ammesso che di autentico sangue si tratti, appartenga a un essere umano o a un animale».

«Ci mancava solo che un fetente sgozzasse una gallina!», ironizzò nervosamente mastro Cecchi.

«Nella peggiore delle ipotesi», continuò a disquisire il precettore, «ci troviamo di fronte all'indizio di un atto criminoso», e lanciò un'occhiata verso lo spazio ombroso del retroscena delimitato fra i due tendoni. «Ergo, nei meandri di questo edificio potrebbe nascondersi un cadavere o una persona ferita... insieme, ovviamente, al responsabile della sua aggressione».

«Non vorrete intraprendere una caccia all'uomo!», sobbalzò mastro Cecchi. «Non nel mio teatro, a Carnevale, con la platea e le assise gremite di spettatori in attesa che lo spettacolo riprenda!».

«Si dovrà agire con discrezione, è palese», volle rassicurarlo Vitale. «Nessuno di noi, e io meno di tutti, ha desiderio che il pubblico cada nel panico gridando all'assassinio. D'altro canto, è necessario indagare, non ne convenite?»

«Per quanto mi riguarda, signor Federici, avete parlato fin troppo», sentenziò il direttore, indurendo all'improvviso l'espressione del volto. «Del resto, chi sareste voi per arrogarvi il diritto d'imporre la vostra opinione sugli altri?»

«Aspettate un momento, mastro Cecchi!», tentò d'indurlo alla ragione Bernardo. «Vi esorto a meditare con attenzione prima di...».

«Altro che meditare!», lo sovrastò la potente voce di Giovanni Ansani. «Qui si perde tempo, signori miei! E per che cosa, a dirla tutta? Per due fantocci e una macchia rossa sul pavimento! Ordunque, siamo seri! Vogliamo riprendere la recitazione da dov'è stata interrotta?»

«L'esimio Ansani ha ragione», dichiarò il direttore, precipitandosi al centro del proscenio per sollevare il morale della compagnia di attori. «Svelti, signori miei, preparatevi a riprendere la recitazione... e qualcuno vada a recuperare il soprano!», ordinò, per poi guardare in direzione delle quinte. «In nome di Dio, dove si sarà cacciata quella benedetta cantante?»

«Vado a controllare nel camerino», si offrì il baritono Biscossi, avviluppato nei suoi esotici abiti sacerdotali. «Se non m'inganno, mi pare d'averla intravista andarsene in quella direzione».

«Presto allora, presto!», la spronò mastro Cecchi, battendo le mani. «E voi, re Sesostri», continuò rivolgendosi con enfasi a Giovanni Ansani, «appuntate come si deve il mantello sulla spalla sinistra, se non volete rischiare di perderlo prima del concludersi del primo atto».

«Santo cielo, non credo alle mie orecchie!», esclamò Vitale mentre, uscito dalla camera oscura, si piazzava di fronte al direttore e al primo tenore. «Vorreste davvero far finta che non sia successo nulla?»

«Ma *non è* successo nulla!», lo canzonò Ansani, rassettando alla bell'e meglio il costume di scena. «E se non fosse stato per gli strepiti lanciati da quella sciocca...», insinuò in direzione di Ludovica.

«Non osate dare della sciocca a mia figlia!», intervenne madonna Astolfa, fino ad allora rimasta silenziosamente in disparte.

«Oh, non prendetela sul personale, signora mia!», sghignazzò altezzoso il tenore. «Voi femmine siete *tutte* sciocche, dalla prima all'ultima! Sempre pronte a starnazzare come oche al minimo sussulto, quasi che dietro ogni angolo si celasse una minaccia mortale pronta a colpirvi!».

«Gradirei volentieri colpirvi io, con qualcosa di pesante!», commentò acidamente la contessina di Corvino, ostinatamente aggrappata al braccio di Bernardo. «E voi, signor Vitale!», continuò in direzione del precettore. «Non intendete proferir nulla in mia difesa?»

«Lungi da me il volere restar coinvolto in simili battibecchi», glissò Federici, per poi tornare a scrutare con gravità mastro Cecchi. «E sia!», gli concesse. «Riprendete pure la vostra rappresentazione, non intendo affatto ostacolarvi. Però datemi licenza, per il bene comune, di andare a fondo nella faccenda».

«Perché mai dovrei consentirvi di procurarmi un simile fastidio?», gli rinfacciò il direttore in un crescendo di sussiego. «Tutto è risolto, a parer mio. Ci mancherebbe solo che un ficcanaso iniziasse ad aggirarsi indiscriminatamente per gli ambienti del teatro, molestando spettatori, attori e inservienti».

«Agirò con tatto e discrezione», gli promise Vitale, per poi rammentarsi del soldato austriaco giunto al suo seguito. «Senza contare», sottolineò poi con una punta di malizia, «che questa è la volontà del granduca». E con un gesto all'apparenza autoritario, invitò l'armigero ad avvicinarsi.

«A onor del vero...», tentò di obiettare quest'ultimo.

«Quel che intende dire costui», lo tacitò Federici, «è che sua grazia, l'illustre Ferdinando III, va protetto». Quindi si avvicinò al direttore per sussurrargli all'orecchio. «O vorreste prendervi la responsabilità delle conseguenze, nel caso, in seguito a vostra leggerezza, si verificasse durante lo spettacolo qualche evento increscioso?»

«Dio non voglia!», arretrò di scatto mastro Cecchi.
«Allora vi conviene ascoltarmi con attenzione», ne approfittò all'istante il precettore, «perché ho delle precise richieste da farvi».

7

Prima di spiegare a mastro Cecchi di cosa avesse bisogno, Vitale si prese il tempo di esaminare con maggior perizia, insieme a Bernardo, il cubicolo nero collegato al tendone scenico e, oltre di esso, la lunga striscia di pavimento sul quale erano stati reperiti i due automi.

«L'opera di una mente ingegnosa», ribadì il precettore.

«Il cubicolo pare essere stato costruito secondo i principi illusori delle cosiddette scatole magiche», soggiunse il discepolo, aggiungendo al tono ammirato del maestro una nota di fascinazione. «Un sapiente controllo delle luci e delle ombre, insieme ai movimenti degli manichini meccanici, deve aver reso agli occhi della contessina una scena d'incredibile vividezza».

«Non soltanto ai suoi, presumo».

«Cosa intendete dire?»

«Che, di sicuro, Ludovica di Corvino non è stata l'unica ad assistere alla decapitazione».

«Ma è stata l'unica a gridare», obiettò il ragazzo.

«Non tutti emettono strepiti davanti al compiersi di un crimine», puntualizzò Vitale. «Alcuni ammutoliscono. Altri s'interrogano in silenzio sulla loro incolumità. Altri ancora, infine, hanno abbastanza pelo sullo stomaco da riuscire a far finta di nulla».

«In effetti», meditò Bernardo, «è impensabile che la vostra Ludovica sia stata esclusiva testimone di quella macabra scena».

«La *mia* Ludovica?», si accigliò il precettore. «Cosa state insinuando, di grazia?».

Il ragazzo fece spallucce. «Non è certo un mistero», ironizzò. «Dal modo in cui quella giovane dama si è rivolta a voi, ho supposto...».

«Siete pregato d'indirizzare le vostre supposizioni ad altro genere di argomenti», lo rintuzzò Vitale, sardonico. «Per esempio... poco prima del grido della contessina di Corvino, avete notato in qualcuna delle persone sedute accanto a noi una reazione di spavento o di stupore?»

«No, a onor del vero».

«Eppure si stava tutti seguendo lo spettacolo, me compreso», replicò Federici, assumendo il tono di quando soleva mettere alla prova l'intelligenza del suo discepolo. «Com'è possibile che nessuno, tra di noi, abbia notato la messinscena dei due automi?»

«Forse eravamo tutti presi dalla disputa tra Sesostri e Azema», propose Bernardo.

Vitale scosse il capo. «Quando il fatto si è verificato, stavo osservando il palcoscenico con un cannocchiale, esattamente come Ludovica, e seguivo proprio i movimenti di re Sesostri, che si trovava a un passo dall'ingresso ad arco collegato alla camera oscura. Eppure, non mi è riuscito di scorgere alcunché. Come lo spiegate?»

«Non saprei», tentennò Bernardo. «Per buona parte della scena iniziale, non ho potuto vedere quasi nulla a causa di una spilungona dalla vertiginosa parrucca che mi sedeva davanti».

«Il fatto che abbiate o non abbiate visto è irrilevante, amico mio. Vi ho appena esposto un problema e voi, in questo luogo, disponete di ogni elemento necessario a risolverlo».

«Ma...».

«Prestate attenzione agli *angoli*», suggerì il precettore.

Superato un attimo di perplessità, il ragazzo esaminò con cura la conformazione interna della camera oscura. «Ora che me lo fate notare», disse, «questo cubicolo non è perfettamente perpendicolare al tendone. Gli aderisce un po' di sghimbescio. Inoltre, non ha una pianta rettangolare. Se guardato con attenzione, ci si accorge che somiglia a un trapezio, con la base minore rivolta verso la platea».

«E tutto ciò, a vostro giudizio, cosa starebbe a significare?»

«Dubito si sia trattato d'incuria nel costruirlo. Questa specifica forma, benché all'apparenza bizzarra, dev'essere stata voluta e progettata con estrema precisione».

«Avete colto nel segno», confermò Vitale. «Ogni singolo particolare di questo ambiente obbedisce ai principi dell'illusione ottica e della prospettiva. Per far sì, desumo, che quanto accadesse al suo interno venisse scorto non da tutti, bensì da un ben definito gruppo di spettatori».

«Quelli collocati nel settore in cui sedeva Ludovica!», arguì Bernardo.

Il precettore annuì. «Se questo spazio fosse la camera ottica usata da un paesaggista, potremmo affermare che è stato orientato esattamente in direzione di quei palchi, affinché solo da quelle postazioni si potessero notare gli automi azionati al suo interno».

«Ma per quale ragione darsi tanto da fare?»

«Oh», rise Federici, «questa è solo *una parte* delle difficoltà affrontate dal nostro illusionista!», e invitò il discepolo a uscire dall'ambiente oscuro del cubicolo affinché potessero studiarne l'apertura dal proscenio. «Vi siete domandato come mai nessun attore, muovendosi sul palco, e nemmeno nessun inserviente del teatro si sia accorto fino all'ultimo della presenza di questa specie di *cul-de-sac*?»

«Be', per effetto dell'illusione ottica...», suppose Bernardo.

«Le illusioni hanno un limite», gli rammentò Vitale. «Il tendone è stato approntato per lo spettacolo, calato dal tramezzo superiore con l'aiuto degli argani e, di certo, utilizzato durante le prove di recitazione. Possibile che nessuno, in simili circostanze, abbia notato quel buco?»

«Avete ragione. Se non assurdo, sarebbe stato quantomeno improbabile. Anche se, in tutta franchezza, non saprei spiegare una simile svista».

Allargando un sorriso sornione, il precettore camminò verso il sontuoso carro trionfale, rimasto immobile ai margini del proscenio, e indicò al discepolo una lunga corda che partiva da una delle criniere dei cavalli di cartapesta e saliva ben tesa, in linea obliqua, fino a sparire fra le travi del soffitto.

«Ebbene?», si accigliò Bernardo.

«Vi siete domandato a cosa serva questa corda?», lo interrogò Vitale.

«Be'...», mormorò il giovane. «A far avanzare il carro, immagino».

Il maestro scosse il capo. «I meccanismi utilizzati per far muovere il carro sono ben altri, e di proporzioni assai più notevoli, anche se nascosti». E strinse la corda tra le dita. «*Questa*», disse, «dev'essere stata aggiunta all'ultimo momento, per azionare qualcos'altro».

«Continuo a non capire», dovette ammettere Bernardo mentre, per mascherare la frustrazione, si sistemava gli occhiali sul naso.

«Serviva a far aprire la camera oscura», si decise a rilevare il precettore.

«*Aprire?*», ripeté il ragazzo, allibito.

«Proprio così», rimarcò Vitale. «Se studiate con la dovuta attenzione la forma di quell'ambiente, noterete che, fra le sue molte peculiarità, c'è anche quella di potersi aprire e chiudere, ossia di appiattirsi e di dilatarsi come il mantice di un organetto».

«Intendete dire che le pareti dalle quali è composto questa sorta di ripostiglio sarebbero *mobili*?»

«Esattamente».

Bernardo lo scrutò spaesato.

«Avete con voi carta e penna?», gli domandò Federici, allo scopo di superare quel momento d'impasse.

«Sempre», rispose il ragazzo, favorendogli un taccuino e una matita di grafite.

Il maestro li prese e abbozzò un disegno.

«Questo», spiegò, «è lo stato attuale della camera oscura vista dall'alto. Potete confermarlo?»

«Sì», annuì Bernardo.

«Prima tuttavia dell'ingresso del carro, quando la corda che vi ho appena mostrato non era ancora tesa, la camera doveva trovarsi in questo stato». Ed eseguì un secondo disegno.

«Era chiusa, contratta come le ali di un pipistrello addormentato», specificò Vitale, «al punto che il suo nero fondale doveva aderire quasi perfettamente al tendone scenico e sembrare parte di esso».

«Così che nessuno potesse sospettare della sua esistenza».

«Infatti», disse il precettore. «Fino a quando, con l'avanzare del carro trionfale, la corda si è tesa e la camera si è aperta. Offrendo il tempo necessario al nostro misterioso illusionista, che immagino già nascosto dietro il tendone, di posizionare gli automi e di dare avvio al suo spettacolo dentro lo spettacolo».

«Ora tutto si spiega», fece Bernardo. «O per meglio dire, *quasi* tutto».

«Immagino vi riferiate alla presenza del sangue», ribatté Vitale.

«Una questione non certo trascurabile».

«Per nulla, in effetti», convenne Federici, mentre si voltava in cerca di mastro Cecchi. «E a tal riguardo, è giunto il momento che sua grazia il direttore mi offra il suo prezioso aiuto».

8

«Ebbene, signor Federici?», sbuffò Francesco Cecchi, dopo che tutti furono usciti dalla camera oscura. «Si può sapere cosa volete da me?»

«Alcuni chiarimenti e un paio di cortesie», si divertì a tenerlo sulle spine il precettore, mentre, mani giunte dietro la schiena, misurava a leggere falcate la notte artificiale del palcoscenico.

«Vi ascolto», lo incalzò il direttore, andandogli appresso con passetti nervosi.

«Se non m'inganno», dichiarò Vitale, «avete testé affermato di non saper nulla dei due automi reperiti dietro il tendone scenico».

«Mai visti prima d'ora», confermò Cecchi. «Come già detto, il teatro della Pergola non si avvale di simili diavolerie».

«Non sapreste dunque spiegare da dove provengano o per quale motivo si trovino qui?»

«Non ne ho la minima idea».

«E i fondali prospettici?», cambiò argomento Federici. «Ne siete in possesso da molto tempo?»

«Sono nuovi, preparati appositamente per la rappresentazione di quest'oggi. Un gruppo di operai li ha consegnati e appesi agli argani del proscenio circa una settimana fa. Si tratta di manovalanza fidata, dei cui servigi non ho mai avuto ragione alcuna di lamentarmi».

«E il paesaggista incaricato di dipingere detti teloni?»

«Intendete lo scenografo?»

«Esattamente».

«Si chiama Giovannino Chiari», rivelò mastro Cecchi. «Presumo sia tra il pubblico».

«Su quale palchetto?»

«Non siate sciocco, signore Federici! Mastro Giovannino non appartiene a una famiglia aristocratica e per giunta non è bastevolmente ricco da permettersi di acquistare il biglietto per un palchetto. Se è tra gli spettatori, siederà di certo in platea».

Vitale soffocò un'invettiva tra i denti. Benché discendesse per ramo cadetto da una casata di alta schiatta, non sopportava il tono di dileggio con cui i nobili di nascita usavano alludere alla gente del popolo, specie in riferimento agli appartenenti della parte più istruita e industriosa del Terzo Stato, la cosiddetta classe borghese fatta di artisti, artigiani, mercanti e uomini d'ingegno. «E il librettista?», volle sapere con tono volutamente indisponente.

«Gaetano Rossi», rispose il direttore.

«Pensate sia presente anche lui in sala?»

«Lo credo bene! Per niente al mondo si sarebbe perso la prima assoluta di un'opera uscita dalla sua penna!».

«Eccellente», si compiacque il precettore, fermandosi di colpo. «Giovannino Chiari e Gaetano Rossi. Esigo che li facciate convocare entrambi, affinché possa interrogarli in una sede appropriata».

«Perché mai?»

«Accontenterete la mia richiesta», lo mise alle strette Vitale, «o dovrò andare a lamentarmi con il granduca?»

«Per carità, no...», si ammorbidì all'istante il direttore. «Manderò subito un valletto a chiamare queste persone. Potrete conferire con loro nel mio ufficio, al piano superiore. Un ambiente riservato e assai confortevole confinante con la soffitta».

«Avete la mia gratitudine», chiuse la questione Federici. Quindi, scambiata un'occhiata d'intesa con Bernardo, si preparò a esternare la richiesta più sgradevole. «Come ultimo favore», dichiarò, «vi domando di far sigillare all'istante ogni via d'uscita del teatro».

Francesco Cecchi lo scrutò allibito.

«Anche se adottata con eccessivo ritardo», spiegò il precettore, «si tratta di una misura necessaria».

«Ma... perché?», balbettò il direttore. «Non ne capisco l'utilità!».

«È elementare. Allo scopo di impedire la fuga all'aggressore».

«Quale aggressore?»

«Rammentate la macchia di sangue trovata nel retroscena?», gli rinfrescò la memoria Bernardo. «Se dovesse trattarsi di sangue umano, potremmo avere a che fare con uno o più criminali».

«Ben detto», fece Vitale, per poi rivolgersi nuovamente a mastro Cecchi. «Fossi in voi, signore mio, inizierei col far chiudere gli accessi collegati al sottopalco e al piano terra. Le vie di fuga più prossime al luogo in cui ci troviamo».

«Ma il pubblico si spaventerà!».

«Non se agirete con discrezione».

«E a fine spettacolo?», insistette Cecchi. «Cosa racconterò agli spettatori, quando troveranno le uscite sbarrate?»

«Non disperate», lo placò Federici, lasciando trapelare una nota di superbia. «Confido di risolvere il caso prima del concludersi del secondo atto». Dopodiché prese a guardare intorno a sé. «Ah, ecco dov'eravate finito!», disse all'improvviso, puntando l'attenzione sull'armigero austriaco.

Costui, intento a sbadigliare in un angolo del proscenio, s'irrigidì come se fosse stato colpito da una staffilata.

«Il vostro nome?», lo interpellò Vitale, avvicinandosi a lui.

«Theodor Grob», si presentò con un mezzo inchino.

«Grob», ripeté il precettore, caricando d'autorità il timbro della propria voce. «Dovrete immediatamente far ritorno dal granduca e informarlo dell'accaduto».

«Ai vostri ordini», rispose d'istinto l'armigero, eclissandosi verso gli ambienti di disimpegno.

«In quanto a voi», continuò Vitale, rivolto a Bernardo, «avrei in animo di affidarvi un compito particolare».

«Sono tutt'orecchi», lo assecondò il discepolo con un fremito di eccitazione.

«Una volta accompagnate la contessina di Corvino e sua madre alla loro balconata, interrogherete gli spettatori seduti nei palchetti confinanti per scoprire se qualcuno abbia assistito alla stessa macabra scena di cui è stata testimone Ludovica».

«Tutto qui?», lo scrutò deluso il ragazzo.

«A onor del vero, è fin troppo», lo rintuzzò Vitale.

«E voi, invece?», insistette Bernardo. «Dubito che vi limiterete a interloquire con due sospetti. Avete un piano, è così? E non appena vi sarete liberato di me e di tutti gli altri, lo metterete in atto!».

«Limitatevi a svolgere con accuratezza il vostro

compito», glissò il precettore con tono severo, «o avete la mia parola, vi ordinerò di aspettarmi sul palchetto del granduca finché la situazione non sarà risolta».

«Ma...», fece per obiettare il ragazzo.

Con un gesto che sapeva di ultimatum, Federici gli pose una mano sulla spalla. «Ora andate, amico mio», lo congedò. «E usate sempre prudenza».

«Anche voi», sospirò Bernardo, rassegnato, per poi voltarsi verso il telone in cerca di Ludovica e di Astolfa. Ma delle due trovò solo la seconda, intenta a fissare annoiata la barriera scura del sipario. «Signora», la interpellò, «dov'è finita vostra figlia?».

La dama si strinse nelle spalle.

«L'ho appena vista entrare nella camera oscura», rispose per lei Ansani.

«Desiderava dare un'ultima sbirciata», spiegò la nobildonna.

«E perché gliel'avete permesso?», intervenne Vitale, avvicinandosi al ragazzo.

«Per quale motivo trattenerla?», minimizzò la dama, rivolgendosi a lui con una nota di civetteria. «In fin dei conti, mio caro, là dentro ci sono solo delle bambole!».

Sordo a quelle parole, Federici si precipitò dentro il cubicolo con la tacita preghiera che alla contessina non fosse accaduto nulla di grave. E un attimo dopo ringraziò il cielo.

Ludovica di Corvino se ne stava inginocchiata a terra, intenta a contemplare al barlume di una candela i corpi degli automi come una bambina di fronte a dei giocattoli. «Un vero peccato!», disse, non appena si accorse della presenza di Vitale. E chinandosi sulla testa decapitata, sfiorò le sue gote imporporate di vernice e le palpebre di vetro. «Tale è stato lo scompiglio, da lasciarci indifferenti davanti alla perfezione di questi capolavori».

9

«Un'ultima rampa di scale e saremo giunti a destinazione», annunciò Bernardo, mentre guidava le due dame lungo i corridoi di disimpegno collocati sul retro dei palchetti. Grazie alla quantità di lanterne appese ai soffitti e alle pareti, non c'era stato bisogno di munirsi di lumi che rischiarassero il cammino. Tuttavia, il giovane conte della Vipera si sentiva sempre più nervoso. Innanzitutto, per via dell'assenza di finestre. Un particolare al quale non aveva fatto caso entrando nel teatro. Ora però che si ritrovava coinvolto nell'indagine di un presunto crimine, quella mancanza di sbocchi collegati all'esterno gli dava l'impressione di aggirarsi in una prigione, o peggio in un sotterraneo, in cui regnava un'eterna notte.

Inoltre, era in pensiero per Vitale.

Altro che starsene nell'ufficio del direttore nell'attesa di interrogare lo scenografo e il librettista, meditava Bernardo. Di certo, il suo maestro avrebbe seguito quella maledetta traccia di sangue. E l'avrebbe fatto tutto solo, senza nessuno a dargli manforte nel caso si fosse imbattuto in qualche pericolo.

«Il nostro palchetto è il tredicesimo, se ben rammento», s'insinuò alle sue spalle la voce di madonna Astolfa.

«Sì», rispose Ludovica, con tono ancora assorto dopo il breve momento trascorso a contemplare i due automi.

«Manca poco», le informò il giovane conte della Vipera, mentre imboccava il corridoio del secondo piano.

Quindi tornò a preoccuparsi per il suo maestro.

Non che Vitale Federici fosse uno sprovveduto, cercò di tranquillizzarsi. Dotato dell'acume degno di un grande filosofo e abile nell'arte della scherma e nell'uso delle armi da fuoco, quell'orgoglioso precettore nativo del Montefeltro avrebbe dato filo da torcere al più agguerrito dei rivali. Però anche gli uomini migliori, di tanto in tanto, venivano travolti dalle avversità. Specie se decidevano di affrontarle in solitudine per non mettere a repentaglio la vita dei loro compagni.

«Bernardo, dove state andando?», lo richiamò all'attenzione la voce di Ludovica di Corvino.

Il ragazzo si fermò di colpo e, guardando dietro di sé, notò che madre e figlia lo attendevano dinanzi a una porta.

«L'ingresso del tredicesimo palchetto è questo», lo informò la giovane nobildonna. «Siamo *già* arrivate, non ve ne siete accorto?»

«Molto bene», tagliò corto Bernardo, rimproverandosi in cuor suo per aver commesso una simile distrazione.

«Desiderate sedervi con noi, signore?», gli propose Astolfa, mentre varcava l'ingresso del vano. «Accanto alle nostre poltrone, ce ne sono un paio libere».

Il ragazzo accennò un diniego. «Mi è stato impartito un compito», disse, per poi disegnare un educato inchino di commiato.

«Siete proprio sicuro di non volervi trattenere?», insistette Ludovica. «A onor del vero, mi sembrate alquanto provato dagli eventi. E non vorrei che...».

«Con il vostro permesso», e si voltò verso il corridoio.

La porta del palchetto successivo, il quattordicesimo, si trovava a pochi passi da lui, e pareva chiamarlo con il canto enigmatico di una sirena. La prima di molte porte alle quali si accingeva a bussare.

Qualcun altro deve aver visto!, rimuginò, accingendosi con rinnovata fermezza a svolgere quella parte dell'indagine. E d'un tratto realizzò che Vitale non gli aveva affatto assegnato una missione da poco. Perché, tra coloro i quali, pur assistendo alla finta decapitazione, avevano scelto il silenzio anziché gridare come Ludovica, non era detto ci fossero soltanto spiriti pavidi o indifferenti.

Tra di loro, forse, c'era anche un complice dell'illusionista degli automi.

10

Tenendo sollevato il candelabro avanti a sé, Vitale perlustrava la lunga e sottile porzione di pavimento che correva dietro il tendone prospettico, alla ricerca di indizi. Non biasimava il malcontento di Francesco Cecchi, che avrebbe preferito non averlo tra i piedi. Tuttavia, sarebbe stato giudizioso, da parte di quell'uomo, riconoscere il genio, e quindi la pericolosità, di chi aveva orchestrato la messinscena della decapitazione. Ma a ben pensarci, si trattava di una vana pretesa! La maggior parte della gente, infatti, era cieca, irriflessiva e abituata a minimizzare le avvisaglie del pericolo. Soggetti affetti da un'incurabile pigrizia mentale, li definiva Federici. Individui non intellettualmente carenti ma patologicamente incapaci di cogliere le crepe sulla superficie di una situazione ordinaria in procinto di sgretolarsi.

Orgogliosamente fiero di non appartenere a quella schiera di sonnambuli, Vitale seguitò a ispezionare il piano dell'assito fino a quando, d'un tratto, non notò una seconda macchia rossastra.

La ferita sanguina, intuì, muovendo l'alone della fiamma intorno a sé per cogliere eventuali indizi di una presenza umana. Tutto ciò che gli riuscì di scorgere fu però uno stretto passaggio che si apriva a margine dello spazio scenico. Il corridoio dietro le quinte.

Pronto a incamminarsi in quella direzione, venne distratto dal rumore di un pesante fruscio di tessuti e da una successiva mareggiata di esclamazioni e di applausi provenienti dalla platea. Mastro Cecchi doveva aver dato ordine di aprire il sipario. E infatti, dopo un istante, ecco la sua voce baritonale rimbombare dal palco.

«Come promesso, amato pubblico», spiegava il direttore, «la rappresentazione delle *Feste d'Iside* si appresta a riprendere da dov'era stata interrotta a causa di un malaugurato equivoco! Scherzi da Carnevale, direte voi! Ancora le mie scuse alla famiglia granducale, all'Accademia degli Immobili e a tutti i pregiatissimi spettatori!».

Divertito e al contempo amareggiato da quel tono ipocrita, Federici tornò a concentrarsi sull'indagine senza prestare attenzione allo strimpellare dell'orchestra e ai gorgheggi del coro che introducevano il prosieguo del dramma. Gli restavano pochi minuti per agire indisturbato. Al cambio di scena, infatti, il telone prospettico sarebbe stato sollevato per mostrare al pubblico il fondale successivo, e consentendo agli attori di calpestare la porzione del palco che lui, in quel momento, stava scupolosamente esaminando.

Non aveva ancora concluso quel pensiero che gli saltò agli occhi una terza chiazza rossastra sull'assito. E sfiorato da un presagio, s'inginocchiò per studiarla.

La parte terminale di quella sbavatura di sangue colava in una fessura del pavimento. Uno spiraglio che delimitava i contorni di una botola!

Intuendo come fossero andate le cose, Federici sollevò il coperchio di quel passaggio, ritrovandosi a fissare una scala di legno diretta allo spazio ombroso del sottopalco.

È fuggito da qui, dunque!

Sicuro di non sbagliarsi, imboccò la breve discesa e, non appena poté, rischiarò con il candelabro lo spazio intorno a sé, ritrovandosi in un ricettacolo di oggetti di ogni genere ammassati alla rinfusa. Rotoli di tessuto, porzioni mal accostate di arredi scenici e statue di cartapesta si alternavano a elmi di peltro, spade di legno e una tal quantità di funi e gomitoli di cordame da poter competere con gli ormeggi di una nave.

Facendosi strada in mezzo a quel marasma di polverume, Vitale individuò d'un tratto un ingresso tenebroso. La postierla da cui era solito entrare e uscire il suggeritore, presagì. L'unica via, a prima vista, in grado di condurlo fuori dal regno segreto del sottopalco.

E fu proprio mentre stava per attraversarla che, esaminando con l'ausilio del lume l'ambiente oltre il varco, intravide una figura umana, ammantata di scuro, in piedi a un passo dalla soglia.

«Chi siete?», domandò d'istinto Vitale.

Le sue parole, tuttavia, furono sovrastate dal gagliardo acuto di una voce maschile proveniente dal palco.

Lo sconosciuto avvolto nel mantello, intanto, restava immobile a osservarlo. Quasi si facesse beffe di lui.

«Chi siete?», ripeté Federici non appena fu calato il silenzio.

«*Ah, numi... Io tremo!*», tuonò, sempre dall'alto, il canto melodioso della Bertinotti.

In quel preciso istante, la figura in nero sollevò il braccio sinistro. In mano reggeva una sorta di scettro dal quale pendeva una sfera simile a una palla di cannone.

Disorientato da quel gesto, Vitale osservò lo strano arnese, riconoscendo nella sua foggia un'arma brandita nelle rappresentazioni medievali dai cavalieri intenti a giostrare. «Non crederete di spaventarmi!», commentò con una nota di sarcasmo.

«Anche se quel mazzafrusto fosse vero, e ne dubito assai, siete troppo lontano per sperare di poterlo usare contro di me!».

Quasi non aspettasse altro di dimostrare il contrario, il tetro fantasma fece roteare l'arma e, fendendo l'aria con un movimento improvviso, calò la sfera come se volesse colpire un invisibile rivale che si frapponeva tra lui e Federici.

Ma per un effetto tanto inspiegabile quanto prodigioso, quest'ultimo venne investito dalla violenza di quella percossa, stramazzando al suolo con un'esclamazione d'incredulità fra le labbra.

«Come... come avete fatto?», ebbe appena il tempo di farfugliare, prima che la palla del mazzafrusto si abbattesse per la seconda volta su di lui.

11

«Una cafonata bella e buona!», sbuffò Gaetano Rossi, osservando un sontuoso orologio in cassa di radica posizionato su un robusto armadio di noce a singola anta.

«Dove si sarà cacciato?», si unì alle proteste Giovannino Chiari.

Il primo tracagnotto e di colorito paonazzo, l'altro alto, magro e con la faccia a punta, se ne stavano in piedi al centro dell'ufficio del direttore come i protagonisti di un'improbabile opera buffa.

«Un attimo di pazienza, signori miei», li pregò Francesco Cecchi, nel tentativo di nascondere il nervosismo. «Ha detto che sarebbe giunto e manterrà la parola, ne sono certo».

«Ma ormai siamo quasi al concludersi del primo atto», non si dava requie il tarchiato librettista, «e del vostro uomo non si vede nemmeno l'ombra!».

«Questo è un affronto!», rincarò la dose l'ossuto scenografo. «Peggio ancora, una presa in giro!».

«Ma no, ma no...», cercò di rabbonirli il direttore. «Il signor Federici avrà senz'altro incontrato un impedimento. Tuttavia, sono sicuro che...».

«Vada in malora, il vostro signor Federici!», lo tacitò Rossi. «Come vi siete permesso di distogliermi dalla gioia di assistere allo spettacolo? È già stato meschino, da parte vostra, farmi pagare il biglietto. E ora mi negate persino il piacere sacrosanto di veder messi in scena i dialoghi del libretto che feci mandare alle stampe!».

«Suvvia, mio buon Gaetano!», lo esortò Cecchi. «In fin dei conti, si tratta di una questione della massima importanza».

«Figurarsi!», ironizzò Chiari. «Basta guardarvi in faccia per capire che non credete nemmeno voi a queste fanfaluche!».

«La mia opinione non conta nulla», ci tenne a puntualizzare il direttore. «Si tratta della volontà del granduca di Toscana, a quanto pare. Perciò noi abbiamo il preciso dovere di comportarci di conseguenza».

«Se affermate il vero», lo punzecchiò lo scenografo, «perché il granduca se ne sta comodamente seduto sul suo palchetto d'onore, mentre noi siamo qui ad aspettare d'essere inquisiti?»

«Sciocchezze!», ridacchiò il direttore. «Nessuno ha intenzione d'inquisire nessuno!».

«Non si tratterà per caso di una faccenda politica», si esacerbò nondimeno Rossi, inasprendo i suoi lineamenti da rospo. «O peggio ancora, di censura».

«Ma quale censura! Siete ammattito, mastro Gaetano?»

«A volte basta poco», continuò il librettista, scrutando intorno a sé con aria circospetta. «Una virgola di troppo, un aggettivo appena un po' più ardito o ambiguo del consueto, e quei fetenti della Congregazione dell'Indice son capaci di piombarti alle spalle come degli sparvieri!».

Francesco Cecchi marciò verso la scrivania e recuperò da un cassetto una bottiglia di rosolio. «In nome di Dio, Gaetano, placatevi», e gli mise in mano un bicchiere pieno di liquore. «Vi assicuro che Vitale Federici non è un emissario dell'Indice».

«E voi cosa ne sapete?», tornò alla carica Chiari. «Vi ha favorito dei documenti? Una qualche patente o licenza che giustifichi la sua pretesa d'investigare?»

«No, in effetti».

«Allora in virtù di quale diritto costui ci verrebbe a molestare?», insistette lo scenografo. «In fin dei conti, mastro Cecchi, lo dico anche per il vostro bene! Che figura ci state facendo davanti agli occhi dell'Accademia degli Immobili?».

Il direttore riempì un secondo bicchiere e ne tran-

gugiò il contenuto tutto d'un fiato. «Come affermato poco prima», rimarcò con voce arrochita, «in questa faccenda ho le mani legate».

«Non io, però!», ribatté Chiari, con un diavolo per capello. «Per quanto mi riguarda, nulla mi costringe a restare qui ad aspettare!».

«Ancora un attimo di pazienza, per favore!», lo pregò Cecchi. «Gradite anche voi un sorso di rosolio?».

Lo spilungone, tuttavia, gli aveva già dato le spalle per incamminarsi speditamente verso l'uscita dello studio.

Ma dopo aver spalancato la porta, si arrestò sulla soglia.

«Ebbene?», fremette Francesco Cecchi, disorientato.

«Costui chi sarebbe?», bofonchiò Giovannino Chiari mentre, ripiegando verso l'interno dell'ambiente, consentiva al direttore e al librettista di vedere il giovane con gli occhiali fermo sull'uscio.

«Ah, vostra grazia!», lo riconobbe mastro Cecchi in uno slancio di sollievo. «Almeno voi siete arrivato!».

«Almeno io?», ripeté Bernardo della Vipera, facendo ingresso nell'ufficio. «Cosa significa?».

Per tutta risposta, il direttore sbirciò dietro le sue spalle. «Allora?», lo incalzò. «Dov'è il vostro maestro?»

«Intendete dire che non si è ancora palesato?», s'incupì il ragazzo.

«Esattamente».

«Ma dev'essere trascorsa più di mezz'ora da quando...».

«Di bene in meglio!», s'intromise Giovannino Chiari con una maligna ventata di dileggio. «A quanto pare, la mano destra non sa cosa stia facendo la mano sinistra!».

«Tacete, signore!», lo sferzò Bernardo. «La faccenda è grave, e va subito chiarita».

«C'è ben poco da chiarire», sospirò Cecchi, amareggiato. «Il signor Federici mi ha fatto convocare queste due persone nel mio ufficio allo scopo di interrogarle, ma al momento non si è ancora degnato di presenziare».

«E voi ve ne siete stato qui in panciolle senza mandare qualcuno a cercarlo?», lo rimproverò il ragazzo.

«Perché avrei dovuto?», esclamò in sua difesa il direttore. «Appariva così sicuro di sé, quel bellimbusto! "Confido di risolvere il caso prima del concludersi del secondo atto". Non è stato proprio così che ha detto? Una sbruffonata bella e buona, a parer mio. Ma tant'è! Ha preso e se n'è andato senza fornire alcuna spiegazione sulle sue prossime mosse», e insinuò una risatina. «Perciò ditemi, mio giovane signore, con quale ardire venite ora ad accusare me?»

«Avete ragione», fu costretto ad ammettere Bernardo. «Però...», fece per obiettare. Poi ci ripensò e rivolse l'attenzione ai due uomini in attesa dentro l'ufficio. «Lo scenografo e il librettista, presumo».

«In carne e ossa», fece Gaetano Rossi con tono irritato. «E voi, invece? Al cospetto di chi avremmo l'onore di trovarci, se mi è concesso domandare?»

«Bernardo dei conti della Vipera», si presentò il ragazzo. «Discepolo del signor Vitale Federici».

«Discepolo?», sghignazzò Chiari. «In che senso? Siete una specie di monaco novizio o cos'altro?»

«Vitale è il mio precettore», rispose Bernardo senza scomporsi. «Fu assunto dal mio signor padre per istruirmi ed educarmi a diventare un perfetto gentiluomo».

«Quale delizia!», continuò a malignare lo scenografo. «Ci manca solo che a interrogarci sia questo ragazzino con la puzza sotto il naso!».

«Se sarà necessario, ottempererò a questo dovere», gli promise il ragazzo, irrigidendosi nel contegno. «Ma temo dovrete aspettare», e si rivolse al direttore. «Prima di ogni altra cosa, intendo scoprire cosa sia accaduto al mio maestro».

12

«Sono sicuro che Vitale ha continuato l'indagine sul palco», disse Bernardo, «per verificare se dietro il tendone scenico ci fossero altre tracce di sangue da seguire».

«Seppur fosse vero», lo deluse Francesco Cecchi, mentre si fermava accanto a lui nel ricettacolo ombroso nascosto dietro le quinte, «noi non potremo fare altrettanto».

Il ragazzo lo fissò truce. «Per quale motivo?»

«Guardate voi stesso, mio giovane signore».

A Bernardo bastò rivolgere l'attenzione al proscenio per cogliere il significato di quelle parole. Il fondale era cambiato. Ora, al posto del vetusto colonnato intorno al tempio di Iside, si scorgeva l'interno di un enorme santuario illuminato da fiaccole, con due grandi statue di divinità collocate davanti a una cancellata d'oro. Il carro trionfale di re Sesostri e il precedente telone prospettico, con tanto di camera oscura a esso giustapposta, erano stati sollevati dagli argani e ora pendevano, alla stregua di panni stesi, sugli alti stangoni della graticcia. In quanto agli automi, non più visibili, dovevano essere stati rimossi dagli inservienti del teatro. Ma ancor peggio, la porzione di pavimento in precedenza nascosta dietro il primo telone era adesso diventata terreno praticabile per gli attori, risultando inaccessibile a chi volesse esaminarla per andare in cerca di prove.

«Ecco perché Vitale deve aver dato precedenza a questa fase dell'indagine», rimuginò tra sé il ragazzo. «Posticipandola, temeva d'incontrare gli impedimenti in cui m'imbatto in questo istante».

«Ciò non giustifica il fatto che egli abbia mancato di presentarsi nel mio ufficio», lo pungolò il direttore, seguendo con sguardo critico lo svolgimento della rappresentazione.

«Gli sarà capitato un imprevisto», insistette Bernardo, irritato da quel costante tono d'accusa.

Mastro Cecchi rise sardonico. «Noto in voi la sua stessa tendenza a esagerare».

«Siete voi, piuttosto, a prender tutto sottogamba!».

«Sono direttore della Pergola da più di dieci anni», gli fece notare a quel punto Francesco Cecchi, «e posso affermare con soddisfazione che nessun evento increscioso si è mai verificato fra codeste mura. Salvo quando una tortora ebbe l'impudenza di defecare sulla parrucca di sua grazia la contessa Luisa d'Albany, l'amante dell'Alfieri».

«Nessun evento increscioso, forse», gli concesse Bernardo. «Però non escludo che questo luogo sia stato teatro, scusate il gioco di parole, di complotti».

«Cosa insinuate?», fremette il direttore.

«Non è stato mastro Chiari, o forse si è trattato di mastro Rossi, a lasciar trapelare il timore di essere coinvolto in un intrigo politico?».

Mastro Cecchi indietreggiò nell'ombra. «Ma voi non eravate ancora presente quando…».

«Lo ero già», rivelò il giovane, «dietro la porta».

«Brutto sfacciato! Stavate origliando!».

Bernardo si strinse nelle spalle. «Esistono peccati peggiori».

«Ecco un'altra bassa insinuazione!», sibilò tra i denti il direttore, facendo attenzione che la sua voce non risuonasse oltre i telari delle quinte. «Si può sapere a cosa alludete?»

«Ogni cosa verrà svelata a tempo debito», non si scompose Bernardo.

«Riguarda l'incarico che vi ha affidato il vostro precettore?», continuò a incalzarlo l'uomo. «Avete scoperto qualcosa di compromettente interrogando le persone assise sui palchetti?»

«Abbiate la cortesia di non molestarmi. Ho parlato fin troppo».

«Troppo poco, vorrete dire! Vi conviene scucire la bocca, giovanotto, altrimenti...».

Bernardo lo tacitò con un cenno dell'indice. Una reazione che lo rese fiero di sé, a dispetto delle preoccupazioni e delle mille insicurezze che gli turbinavano nel petto. Quindi invitò il direttore a prestare nuovamente attenzione agli attori sul palco. «Quando avverrà il cambio di scena?», volle sapere.

«Questa è l'ultima, a onor del vero», rispose mastro Cecchi, senza attenuare i suoi modi scontrosi. «Dopodiché ci sarà un balletto e poi il secondo atto».

«Molto bene», annuì il ragazzo. «Prima che inizi il balletto dovrete concedermi l'opportunità di esaminare il palco, così da permettermi di reperire quanto resta delle tracce seguite dal mio maestro».

«Ancora con questa storia! Cosa vi garantisce che il signor Federici sia passato proprio da lì?»

«Perché conosco il suo modo di ragionare».

Francesco Cecchi incrociò le braccia sul petto. Inquietudine, ansietà e forse paura scorrevano come nuvole tempestose nei suoi occhi. «Avrete a disposizione pochi minuti», gli accordò.

«Basteranno».

«Poi farò entrare il corpo di ballo», soggiunse categorico. «A prescindere dal fatto che voi abbiate portato a termine la vostra perizia oppure no».

«Sta bene», replicò Bernardo, simulando ancora una volta più sicurezza di quanta ne avesse realmente.

Ma Francesco Cecchi non badava più a lui. D'un tratto, si era voltato verso una giovane in corsetto ed esageratamente imbellettata appena sbucata dalla penombra delle quinte.

«Signor direttore, signor direttore...», balbettava costei, aggrappandosi al bavero della sua marsina.

«In nome di Dio, Filomena, un po' di contegno!», le impose Cecchi, allontanandola in malo modo da sé.

La poverina, tuttavia, si ostinava a cercare i suoi abbracci. Sembrava spaventata, intuì Bernardo. Anzi, terrorizzata.

«Signor direttore, signor direttore...», continuava a squittire. «Dovete assolutamente venire nei camerini...».

«Ora sono occupato, non vedete?», tentò di liquidarla l'uomo. «Datemi un attimo a sarò da voi».

«No, no!», esclamò Filomena in uno slancio di risolutezza. «*Adesso! Subito!*».

«Insomma, cosa potrà mai essere successo?», si spazientì Cecchi. «Il truccatore non si trova? Si è forse scucito un abito di scena?»

«Un morto!», replicò la giovane. «Nel camerino di Teresa Bertinotti!».

13

Nello spazio dietro il palcoscenico, oltre il dedalo di angusti corridoi che si diramavano partendo dalla zona delle quinte, si accedeva ai camerini in cui cantanti e attori potevano concedersi, durante le pause tra una scena e l'altra, un momento di quiete per ripassare il copione.

Seguendo Filomena e il non meno inquieto mastro Cecchi in quel labirinto dall'aria stantia, Bernardo pregava con tutto sé stesso che il cadavere di cui aveva accennato la ragazza non appartenesse a Vitale.

«Un uomo!», si era limitata a specificare quell'anima terrorizzata. «Un uomo morto stecchito!».

Giunti che furono al luogo imputato, il ragazzo e il direttore dovettero però arrestarsi davanti a una torma di ballerine seminude accalcate davanti a una porta spalancata.

«Sciò! Sciò!», esclamò Francesco Cecchi, quasi volesse disperdere un branco di oche. «Andate a vestirvi, sciocchine, che tra poco tocca a voi!».

Usandolo come ariete per farsi strada in quel turbinare di fianchi, seni e cosce al vento, Bernardo si sforzò di restare concentrato sull'indagine. Ma più avanzava, più gli riusciva difficile fingere indifferenza davanti agli splendidi corpi cui era costretto a passare accanto. Soprattutto perché, alla veneranda età di quindici anni, non aveva ancora mai posato lo sguardo su una donna che non fosse decorosamente vestita e agghindata.

«Coraggio, mio giovane signore!», lo spronò Cecchi, col tono di un comandante intento a guidare un mozzo sul ponte di una nave sballottata dalla tempesta. «Ancora un passo e avremo guadagnato l'ingresso!».

E infatti, dopo un paio d'improperi e di spintoni, il direttore riuscì finalmente a mettere piede all'interno del camerino. In principio, Bernardo non riuscì a scorgere altro che le pareti di una stanza piccola e piuttosto spartana, arredata semplicemente con una poltrona, un minuscolo specchio ovale fissato al muro e un corredo di vasi in ceramica per la toletta.

Poi, oltrepassata la sagoma di Francesco Cecchi, vide una forma umana avviluppata di bianco distesa sul pavimento. Le braccia erano aperte a formare una croce, la testa coperta da un candido cappuccio.

«Chi è?», non poté trattenersi dal chiedere.

«Io non mi sono azzardata a scoprirgli il viso!», si affrettò a dichiarare Filomena.

«Nessuna di noi l'ha toccato!», aggiunse una seconda voce femminile.

«È Cesare Biscossi, il baritono», rivelò il direttore mentre, con un sospiro gramo, si chinava sul cadavere. «Riconosco il suo costume di scena».

Bernardo lo guardò sollevare il lembo di tessuto che celava il volto della salma «Ora rammento», disse, in cuor suo rasserenato. «È il sacerdote di Osiride».

Francesco Cecchi annuì. Quindi si tracciò sul petto il segno della croce e, rialzato in piedi, puntò l'attenzione verso le ballerine intente a sbirciare oltre la porta. «Qualcuna di voi sa dirmi cosa sia successo?», le interrogò.

Le ragazze scossero il capo all'unisono.

«L'abbiamo trovato così», rispose per tutte Filomena.

«Siete state attirate fin qui da grida o schiamazzi?», volle sapere l'uomo.

«In verità non si è udito nemmeno un fiato».

«Allora non capisco...», s'inserì Bernardo. «Se nessuna di voi ha udito nulla, perché avete varcato l'ingresso di questa stanza? Ho capito male, o questo è il camerino di Teresa Bertinotti?»

«Non vi ingannate affatto», replicò mastro Cecchi. «Questo locale è riservato alla Bertinotti, e vi si può entrare soltanto con il suo permesso».

«Ci siamo intrufolate qui dentro per via del rossetto», spiegò a quel punto una ballerina.

«Quale rossetto?», si accigliò il direttore.

«Quello di madonna Teresa», rispose Filomena con una nota di civettuola bramosia. «Viene da Parigi e lei ci aveva promesso di poterlo provare».

«Il rossetto...», ruminò mastro Cecchi, per poi guardarsi intorno con aria disorientata. «E il soprano, adesso, dove sarebbe?»

«In scena, naturalmente», ribatté la giovane.

«È vero, è vero...», parve rammentarsi l'uomo. «Il personaggio della sacerdotessa Azema compare fino all'ultima scena del primo atto».

«Quindi», riprese la parola Bernardo, voltandosi verso le ballerine, «sareste entrate qui dentro senza il permesso della Bertinotti?»

«Nossignore!», sobbalzò Filomena. Poi però, si morse le labbra e abbassò lo sguardo. «Sì, in realtà. Lo confesso, ci siamo intrufolate... Ma abbiamo pensato di non far nulla di grave, dal momento che la porta era già aperta».

«Socchiusa, per essere precisi», sottolineò la compagna.

«L'avrà lasciata così l'assassino», proferì Francesco Cecchi con tono sepolcrale.

Bernardo tornò a rivolgere l'attenzione verso di lui.

Inginocchiato di nuovo a terra, il direttore stava

sollevando un ampio lembo del costume sacerdotale della vittima, mettendo in mostra lo squarcio scarlatto di una ferita sul petto.

«È stato pugnalato al cuore», dichiarò con un gemito.

«Ho visto abbastanza!», esclamò il ragazzo, voltandosi di scatto verso l'uscita.

«Signorino della Vipera...», fremette il direttore, con la palese intenzione di trattenerlo. «Dove credete di andare?».

Bernardo aveva già imboccato il corridoio. «A sincerarmi che il mio maestro non abbia fatto la stessa fine!».

PRIMO BALLO
LA SPOSA PERSIANA

14

Quando Vitale riaprì gli occhi, ebbe l'impressione che la pelle di un grande tamburo rimbombasse sopra di lui. Si trattava di un rumore cupo, incessante e ritmato in grado di acuire il suo stato di ottundimento, facendogli a malapena comprendere di giacere su un pavimento di legno, in una semioscurità satura dell'odore della polvere. Finché non si ricordò dello sconosciuto in nero con il mazzafrusto. Un'immagine così vivida da spronarlo ad alzarsi in piedi.

«Piano, fate piano», lo esortò una voce premurosa.

«C-chi...?», balbettò Federici, mentre scorgeva il baluginare dorato di una candela fendere l'ombra.

«Sono Bernardo», lo rassicurò la voce.

Il precettore, in principio, distinse soltanto una sagoma scura china su di lui. Poi colse il riflesso della luce sulle lenti degli occhiali e, aguzzando lo sguardo, riconobbe finalmente i lineamenti paffuti del suo discepolo.

«Come vi sentite?», gli domandò il giovane, porgendogli una mano. «Siete in grado di mantenervi in equilibrio?».

Certo che sì!, fu sul punto di rispondere Vitale. Ma un capogiro lo costrinse a stare seduto a terra. «Ho subito una percossa», rammentò. «Anzi, due», si corresse, massaggiandosi la testa.

«Grazie a Dio, si tratta solo di percosse», commentò Bernardo, mentre gli illuminava la fronte per esaminarla. «Avete un bel livido sulla tempia sinistra. Chi vi ha ridotto in questo stato?»

«Un mancino ammantato di scuro… Non ho potuto scorgerne i lineamenti…», mormorò Federici, per poi tapparsi le orecchie con una smorfia esasperata. «Per tutti i diavoli!», e diresse un'occhiata verso l'alto. «Si può sapere cos'è questo tambureggiare?»

«*La sposa persiana*».

«Cosa?»

«Così s'intitola il primo ballo», chiarì il discepolo. «Ciò che udite è il trepestio delle danzatrici intente a volteggiare sul pavimento del palco, proprio sopra di noi. Se aguzzate l'orecchio, coglierete anche la musica dell'orchestra».

«Quindi il primo atto si è già concluso».

«Da pochissimo».

«E io mi trovo ancora nel sottopalco», soggiunse Vitale mentre, tornando progressivamente padrone dei propri sensi, scrutava i vetusti oggetti di scena ammassati tutt'intorno. Nel sottopalco e non all'altro mondo, ironizzò dentro di sé.

«Appena ho potuto», spiegò Bernardo, distogliendolo da quei tetri pensieri, «mi sono messo sulle vostre tracce. O per meglio dire, sulle tracce che reputavo aveste seguito».

«Molto bene», tagliò corto Federici. «Ora siate cortese, aiutatemi ad alzarmi».

«Ne siete sicuro? Non volete aspettare di recuperare le forze?»

«Abbiamo perso fin troppo tempo, amico mio. Inoltre, ho bisogno di capire».

«Capire cosa?»

«Molte cose, a onor del vero. Ma innanzitutto, il modo in cui sono stato colpito».

«Con un bastone, mi verrebbe da pensare».

«In realtà si trattava di un mazzafrusto. Un oggetto di scena, ovviamente. Non certo autentico, di metallo, giacché se così fosse stato mi avrebbe fracassato il cranio... E comunque non stavo alludendo alla tipologia dell'arma brandita dal mio aggressore, bensì *al metodo* di cui egli si è servito per tramortirmi».

Bernardo abbozzò una smorfia disorientata.

«Parlatemi delle vostre indagini», lo tenne impegnato Vitale, mentre gli faceva segno di illuminare nella direzione in cui si era imbattuto nel figuro ammantato di nero. «Raccontate, avete fatto dei progressi?»

«Credo di sì. Ho raccolto alcune informazioni che giudicherete di sicuro interessanti», rispose il giovane. «Inoltre, in vostra assenza si è verificato un evento tanto lugubre quanto inaspettato».

«Quale evento?»

«Il baritono è stato trovato morto nel camerino della Bertinotti».

«Alludete a Cesare Biscossi, alias il sacerdote di Osiride?», chiese conferma Vitale, per poi incamminarsi con passo malfermo verso la zona di suo interesse. «Il cantante andato in cerca della Bertinotti dopo che lei si era allontanata dal proscenio?»

«Proprio lui. Pare sia stato pugnalato mentre si trovava nella stanza di madonna Teresa».

«E a quando risalirebbe il ritrovamento del cadavere?»

«A pochi minuti fa».

«E nessuno, prima, si era dato la briga di cercarlo?»

«Non che io sappia».

«Assurdo!».

«Per quale ragione?»

«Se avete studiato il libretto del dramma, saprete

che il personaggio interpretato da Biscossi ricorre spesse volte durante lo svolgersi del primo atto. Com'è possibile, dunque, che la sua assenza non abbia messo nessuno in allarme?»

«In effetti...», rimuginò Bernardo.

«Dovremo confrontarci con il direttore», concluse Vitale, facendogli segno di aspettare mentre lui, riprendendo pian piano l'equilibrio, guadagnava il piccolo ingresso oltre il quale aveva visto il nero fantasma.

«A ben pensarci», continuava intanto a riflettere il ragazzo, «credo anch'io che mastro Cecchi nasconda qualcosa. Soprattutto perché...».

«E Teresa Bertinotti?», lo interruppe il precettore. «L'avete interrogata?»

«Non c'è stata occasione. Al momento del ritrovamento del cadavere, lei stava recitando davanti al pubblico. E al concludersi del primo atto, non ho avuto modo di rivolgerle nemmeno una parola. Mi sono dovuto immediatamente precipitare alla vostra ricerca per timore che il direttore, impaziente di mandare in scena il ballo, mi impedisse di accedere al palco».

«Quindi avreste lasciato mastro Cecchi e madonna Bertinotti liberi di agire indisturbati e, magari, di occultare qualche preziosa prova indiziaria».

«Bell'ingrato che siete!», protestò Bernardo. «Ero preoccupato per voi! Ma se preferite che la prossima volta vi lasci delirare in un sottopalco, o in un qualche altro genere di tugurio, per ottemperare a incarichi a vostro giudizio di maggior importanza…».

«Ecco come c'è riuscito!», esclamò Vitale.

«Eh?», fece Bernardo.

Il precettore rimase fermo sulla soglia, gli occhi puntati su una parete più nera della notte. «Credevo di averlo di fronte, e invece…», rifletté a voce alta. «Invece era *alle mie spalle*!».

«Non capisco di cosa stiate parlando».

«Cosa avete detto?», domandò Federici, portandosi la mano a un orecchio. «Il frastuono che proviene dal palco e dall'orchestra è cresciuto al punto da impedirmi di udire i vostri discorsi!».

«Stavo dicendo», alzò la voce Bernardo, «che non capisco di cosa accidenti stiate parlando!».

«L'individuo armato di mazzafrusto appariva lontano da me», spiegò il maestro. «Non molto lontano, s'intenda, ma *troppo* perché egli fosse apparentemente nelle condizioni di potermi percuotere con la sua arma».

«Allora come spiegate d'essere stato colpito?»

«La spiegazione è che stavo fissando *un'immagine riflessa*!», rispose Vitale, battendo le nocche sulla superficie di un grande specchio collocato contro la parete di fronte all'ingresso. «Lo vedete?»

«Ora che me lo fate notare, sì», dovette ammettere Bernardo. «Ma fino a un attimo fa, ve lo confesso, scorgevo soltanto un cantuccio ombroso».

«Io invece, dal mio punto di osservazione, distinguo chiaramente la vostra figura riflessa sullo specchio».

«E questo cosa significherebbe?»

«Che sono stato ingannato», concluse Federici, mentre si appoggiava a uno stipite per opporsi a un nuovo attacco di vertigini. «Credevo che l'uomo in nero mi stesse di fronte, *invece era alle mie spalle*, assai più vicino di quanto immaginassi».

«Un gioco da prestigiatore», commentò il ragazzo.

«Un gioco niente affatto semplice», sottolineò Vitale. «Per far sì che cadessi nel suo tranello, il mio aggressore ha dovuto tener minuziosamente conto dell'angolazione in cui guarda lo specchio, oltre all'effetto ottico della profondità prodotto dall'alternarsi di luci e ombre».

«Una persona d'indubbio ingegno, quindi», non poté esimersi dal concludere Bernardo. «Pensate si tratti dell'illusionista degli automi?»

«È un'ipotesi plausibile», gli concesse Federici, «sebbene al momento non disponiamo delle prove per dimostrarlo».

«E riguardo a Biscossi? Potrebbe essere stato quel tizio a ucciderlo?»

«Un'altra domanda alla quale, per ora, mi è impossibile rispondere», sospirò Vitale, per poi indicare con enfasi un punto in ombra di fronte a sé. «E questo, amico mio, vale anche per il cadavere che giace in quell'angolo».

15

«Chi sarà?», fece Bernardo, avvicinandosi alla sagoma accasciata a terra.

«Non ne ho idea», rispose Vitale. «Anche se qualcosa potremmo desumere dal suo aspetto».

Obbedendo all'ordine implicito di quelle parole, il giovane abbassò la candela, illuminando il corpo di un uomo di mezza età sdraiato in posizione supina. Il volto era ancora contratto in una smorfia di dolore enfatizzata dalla barba incolta, orsina, e dalle molte rughe che correvano dalla radice del naso fino alla fronte. La testa era coperta da un fazzoletto legato sulla nuca, alla maniera dei marinai, e a un lato della cintura, infilato di traverso alla guida della pistola di un brigante, c'era un martello. In quanto al vestiario, il tutto si riassumeva a un paio di brache scure e a una camicia bianca con le maniche rimboccate sul gomito. In corrispondenza del lato sinistro del costato, il tessuto presentava uno squarcio circondato da una larga chiazza rossastra.

«Dev'essere *lui*», disse Vitale.

«Lui chi?»

«L'individuo che ha lasciato le tracce di sangue sul palco. Nel tentativo di fuggire dalla persona che l'ha pugnalato, si è intrufolato nella botola ed è giunto fin qui, sfinito e agonizzante, in cerca di soccorso o di un nascondiglio. Invece, ha trovato la solo morte. A causa dell'unica ferita che gli è stata inferta, presumo. A mezza spanna sotto il cuore, proprio in corrispondenza della bocca dello stomaco».

Bernardo non poté trattenere un sospiro di compassione. «Mi domando cos'abbia visto o scoperto di così grave, questo poveretto, per meritarsi una simile fine».

«Non mettiamo il carro davanti ai buoi», lo esortò Federici, con algido autocontrollo. «Ditemi piuttosto cosa riuscite a dedurre dal cadavere».

«Di sicuro non si tratta di un attore», disse il ragazzo, «e nemmeno di uno spettatore».

Vitale annuì. «Continuate».

«Sembrerebbe un operaio o un artigiano».

«Non un semplice artigiano», cercò di metterlo sulla buona strada il precettore. «Osservate la camicia. È di seta. Un tessuto fin troppo pregiato perché un comune uomo di fatica possa permettersela».

«Un capomastro?», propose il ragazzo.

«Concentratevi sul martello», gli consigliò Vitale. Bernardo avvicinò il lume all'attrezzo. «Sembra troppo piccolo e leggero per appartenere a un falegname».

«Eppure è un martello», rimarcò Federici.

«Questo lo vedo anch'io».

«Allora ragionate. Di quale utilità potrebbe mai essere un martello, all'interno di un teatro?».

Il giovane si chiuse in una breve meditazione. «A piantare chiodi sui graticci delle impalcature», iniziò a elencare. «A fissare per bene gli argani, i fondali e le macchine sceniche».

«In conclusione?»

«Santi numi!», sobbalzò Bernardo. «Non sarà il macchinista della Pergola!».

Per tutta risposta, Vitale estrasse da una tasca della marsina il libretto del dramma. «Il suo nome è scritto proprio qui, sulla terza pagina», disse, aprendo la minuscola edizione. «*Signor Giuseppe Borgini*», sentenziò, leggendo ad alta voce, «*macchinista del palco scenico*».

16

«Posatelo qui, accanto all'altro», disse Francesco Cecchi, indicando un vecchio tavolo di quercia sul quale giaceva il defunto Cesare Biscossi.

Obbedienti e silenziosi, i facchini deposero il cadavere del macchinista a fianco di quello del baritono. Si trovavano in un seminterrato spoglio situato sul retro del teatro, non lungi dai camerini. Un locale che sarebbe facilmente potuto passare per una cappella funebre, se non fosse stato per alcune maschere dai tratti grifagni appese sulla parete opposta all'ingresso.

«Una tragedia», mormorò il direttore, asciugandosi una lacrima mentre contemplava il corpo senza vita di Giuseppe Borgini. «Lo conoscevo da anni. Era quasi un fratello, per me. Insieme a lui, quest'oggi, la Pergola perde il più geniale artefice delle sue meraviglie e dei suoi movimenti segreti». Quindi si voltò verso Vitale e Bernardo, fermi sulla soglia. «Chi è il responsabile di questo vile delitto?»

«Non disponiamo ancora degli elementi sufficienti per risalire al colpevole», replicò Federici.

Mastro Cecchi lo trapassò con lo sguardo. «Perché non dichiarate semplicemente di non saperlo?»

«Perché sarebbe inesatto, signore».

«Borioso arrogante!», sbottò il direttore, assumendo l'aspetto di una pentola in procinto di esplodere. «Se solo non vi avessi dato retta...».

«Il vostro macchinista sarebbe stato comunque ucciso», commentò Vitale con un'alzata di spalle.

«Ma non il baritono, per lo meno!», lo sovrastò mastro Cecchi in un crescendo di collera. «Se voi non aveste recato scompiglio, madonna Bertinotti non si sarebbe mai allontanata dal palcoscenico e Biscossi non sarebbe mai andato a cercarla, imbattendosi nella più inaspettata delle morti!».

«Non potevo certo prevedere...», tentò di giustificarsi il precettore.

«Voi portate sciagura!», gli urlò in faccia il direttore. «Siete una calamità per noi tutti, e se l'avessi immaginato fin dal principio, vi avrei rispedito dal granduca non appena mi fossi imbattuto nella vostra odiosa persona!».

«Non posso biasimarvi», lo assecondò Vitale, per rispetto verso lo sfogo di dolore di quell'uomo. «E convengo con voi che la ricerca della verità possa rivelarsi un'impresa alquanto sgradevole. Tuttavia, è nostro precipuo dovere portarla a termine».

«A costo di farci ammazzare a uno a uno?», lo sfidò Cecchi.

«Ormai l'assassino sa di essere stato scoperto», cercò di placarlo Federici. «Se non è ancora fuggito, starà ben attento a non lasciare ulteriori tracce in grado di condurci a lui».

«Tracce!», ripeté con disgusto l'interlocutore. «A questo si riducono, per voi, le salme distese su questo tavolo? Semplici tracce?»

«Le definirei, piuttosto, le deplorevoli conseguenze di un movente omicida».

«Ora basta! Sono stufo delle vostre chiacchiere! Siete caldamente consigliato di andare a filosofeggiare da un'altra parte!».

«Come desiderate», non si scompose Vitale, mentre fingeva di non aver notato un cenno di Bernardo che lo invitava a togliere il disturbo. «Prima, però, intenderei rivolgervi alcune domande».

«Dunque non c'è limite alla vostra indecenza!», continuò a sferzarlo mastro Cecchi. «È possibile che non sentiate la necessità di restare un attimo in silenzio davanti a queste due vite stroncate?»

«E voi, invece, che nemmeno di fronte a un duplice omicidio volete prendere in considerazione la possibilità d'interrompere lo spettacolo?»

«Lo spettacolo non s'interromperà!», sentenziò una voce imperiosa. «È volere di sua grazia illustrissima il granduca di Toscana».

Federici si voltò per guardare chi avesse parlato alle sue spalle, ritrovandosi di fronte a tre uomini in sontuosi abiti da sera con le teste sormontate da parrucche cinerine. «E voi chi sareste?»

«I più esimi membri dell'Accademia degli Immobili», rispose per loro Francesco Cecchi, disegnando un ossequioso inchino. «Le loro eccellenze, i marchesi Luca Pucci, provveditore, Luigi Tempi, tesoriere, e Vincenzo Alamanni, segretario».

«Mi compiaccio», ribatté Vitale, osservandoli a uno a uno. «Mi trovo al cospetto dei veri proprietari del teatro della Pergola, suppongo».

Il provveditore Pucci, che si distingueva dagli altri per lo sfarzo del vestiario e l'autorevolezza dei modi, gli si avvicinò squadrandolo dalla testa ai piedi. «Versate in uno stato impresentabile, signore».

«Mi rincresce», ironizzò il precettore. «Sono stato messo alla prova dalle attuali contingenze e da un paio di colpi di mazzafrusto».

«A quali contingenze alludete?», lo interrogò l'accademico, per poi posare lo sguardo sui corpi distesi sul tavolo. «Ah!», fu il suo unico, impassibile commento. «Mi era parso che la voce del baritono non fosse quella di Biscossi!».

«Una scelta obbligata presa all'ultimo momento», spiegò mastro Cecchi, sempre più deferente. «Dato che la buon'anima del Biscossi, per ovvie ragioni, non si trovava da nessuna parte, si è provveduto a sostituirla con un cantante più giovane e inesperto».

«Dunque avevate notato l'assenza di Biscossi», intervenne Bernardo, in direzione del direttore.

«Non io, mio giovane signore», replicò quest'ultimo, «giacché, alla ripresa dello spettacolo, sono stato tenuto troppo impegnato a esaudire le richieste del vostro presuntuoso maestro per rendermene conto. Quella di sostituire Biscossi a causa della sua ingiustificata assenza è stata una misura adottata dalla stessa compagnia di attori, nel corso della rappresentazione. In quanto a me, l'ho appreso soltanto dopo il concludersi del primo atto, da Ansani e dalla Bertinotti».

«A proposito della Bertinotti», ne approfittò Federici, «avrei urgenza di scambiare due parole con lei».

«Per quale motivo?», intervenne Pucci.

«Non sono obbligato a rendervene conto», lo rintuzzò Vitale, irritato dai suoi modi altezzosi. «Sto indagando in nome del granduca».

«Davvero?», rise malignamente il provveditore. «Vi interesserà sapere, in tal caso, che provengo proprio ora da un breve ma intenso colloquio con il granduca Ferdinando III di Lorena in persona, durante il quale sua grazia ha dichiarato, piuttosto a disagio, che vi siete arrogato di vostra iniziativa il diritto di indagare sulla questione».

«Con il suo placet», insistette il precettore.

«A onor del vero», obiettò Pucci, «mi è parso d'intendere che il granduca abbia deciso d'indulgere sul vostro comportamento insubordinato per non dispiacere la sua regale moglie e il giovane erede del conte della Vipera».

«In altre parole», intervenne il segretario Alamanni, tossicchiando per via della troppa cipria impiastricciata sul suo viso, «l'ha fatto per togliersi la vostra persona dai piedi».

«Ma ora il gioco è finito», riprese la parola Pucci. «Voi e il vostro discepolo siete intimati di tornare al palchetto di sua grazia».

«E chi si occuperà del caso?», protestò Bernardo.

«Noi accademici, naturalmente», rispose Alamanni. «Coadiuvati dagli armigeri del granduca».

«*Quali* armigeri?», ribatté Vitale. «Ferdinando III mi ha confidato d'aver portato con sé una scorta appena sufficiente a fargli da guardia del corpo».

Dopo averlo invitato a scostarsi con un gesto sprezzante, il provveditore marciò con i suoi due sodali verso i cadaveri distesi sul tavolo. «Il soldato Grob, insieme a una coppia di suoi commilitoni, sarà un aiuto più che sufficiente a stanare il vile artefice di questi misfatti», dichiarò. «Senza contare che molti gentiluomini dell'Accademia sono maestri nell'uso delle armi da fuoco».

«Auspico che qualcuno di questi eccellenti tiratori», ironizzò Federici, «non finisca con lo sparare sul pubblico».

«Vi consiglio di rivolgervi a un medico, signore», lo liquidò Pucci, ormai intento a esaminare i corpi delle vittime. «Il livido sulla vostra fronte non ha affatto un bell'aspetto».

«Forse dovrei usare un po' del vostro belletto», rispose per le rime il precettore. Dopodiché, facendo cenno a Bernardo di seguirlo, uscì dalla stanza.

ATTO SECONDO

IL GIOCO EFFIMERO

17

«Non avrete seriamente intenzione di abbandonare l'indagine!», disse Bernardo.

«Nemmeno per sogno», rispose Vitale.

Stavano camminando lungo un corridoio di disimpegno che collegava il retro del palcoscenico alle scale dirette ai piani superiori. Intorno a loro, il tremolare fatuo di candele e lanterne collocate su soffitti e pareti.

«Quindi», volle sincerarsi il ragazzo, «non ci stiamo dirigendo al palchetto del granduca».

«Niente affatto».

«E se qualche accademico, o peggio i soldati, ci scoprissero?»

«Racconteremo loro che siamo stati trattenuti».

«Non immaginavo che i filosofi mentissero».

«Di quali menzogne state parlando? A trattenerci dal raggiungere il granduca è il nostro dovere etico di trovare l'assassino. Non ritenete sia un motivo bastevole?»

«Se la mettete in questi termini…».

«A tal ragione», continuò Vitale, «è giunto per voi il momento di informarmi sull'esito delle vostre indagini».

«Giusto», convenne Bernardo. «Però avrei prima una domanda da porvi».

«Vi ascolto».

«Poc'anzi avete dichiarato che i veri padroni di questo teatro fossero il provveditore Luca Pucci e gli altri due Immobili giunti al suo seguito. E mastro Cecchi, allora, cosa sarebbe?»

«È cosa risaputa», rispose Federici, mentre imboccava una rampa di gradini diretti verso l'alto. «Pur essendo uomo di nobili natali, Francesco Cecchi è un semplice impresario che ha ricevuto il teatro della Pergola in gestione per conto dell'Accademia degli Immobili. È pertanto l'Accademia stessa, rappresentata dal collegio dei suoi più alti membri, la vera proprietaria e responsabile di questo edificio e degli eventi ospitati al suo interno».

«Quindi l'intromissione del provveditore nella faccenda è legittima».

«Egli ha tutto il diritto d'intervenire», precisò Vitale. «Del resto, è sul suo buon nome e su quello degli altri Immobili che ricade il sangue di Cesare Biscossi e di Giuseppe Borgini».

«Eppure», soggiunse Bernardo, fermandosi un attimo ad ascoltare uno scroscio di applausi proveniente dalla platea, «sembra che nemmeno lui abbia voluto interrompere lo spettacolo».

«Sì», sospirò Vitale. «A giudicare dai suoni prodotti dall'orchestra, credo sia appena iniziato il secondo atto».

«In altre parole, non potrete interrogare Teresa Bertinotti».

«Madonna Teresa sarà già impegnata sul palco o dietro le quinte, attorniata dagli altri interpreti», confermò il precettore con una nota di frustrazione. «Quella cantante continua a sfuggirci, a dispetto del fatto che i primi sospetti sull'omicidio di Biscossi ricadano proprio su di lei».

«Luca Pucci non mi sembra affatto uno stupido», considerò il discepolo. «Se ha avuto modo, come mi è parso di comprendere, d'informarsi sui fatti, l'avrà intuito di certo anche lui».

«La vedremo», non si sbilanciò Vitale, fermandosi in un punto in cui le scale si interrompevano su un piccolo ballatoio che consentiva da un lato di proseguire su altre scale dirette verso l'alto e dall'altro di accedere a un corridoio».

«Per il corridoio si va alle assise», dichiarò Bernardo, cercando di orientarsi.

Anziché ribattere, Federici prese l'altra direzione.

«Andiamo in soffitta?», si meravigliò il ragazzo.

Il precettore scosse il capo. «All'ufficio del direttore».

«E cosa vi aspettereste di trovare lassù?»
«Il librettista e lo scenografo».
«Ma...».
«Mastro Cecchi li ha fatti convocare, giusto?».
Bernardo annuì. «Però dubito che quei due siano rimasti buoni buoni ad aspettare il vostro arrivo», mormorò. «Hanno certi caratterini...».
«Dunque avete avuto modo d'incontrarli», arguì Vitale.
«Solo per un istante».
«E come vi sono sembrati?»
«Due bestie». Federici abbozzò un sorriso volpino. «Se son bestie, faranno più fatica a mentire», celiò. «Inoltre, ammesso che siano rimasti confinati lassù, non saranno ancora stati informati del nostro esonero dall'indagine. Finché è possibile, dobbiamo assolutamente sfruttare questo vantaggio!».
«L'ultima volta che avete ragionato in questa maniera», gli rammentò Bernardo, «siete stato tramortito da un colpo di mazzafrusto».
«Manca poco all'ufficio», glissò Vitale. «È il momento di aggiornarmi sulle vostre scoperte».
Il ragazzo annuì. «Dopo aver accompagnato la contessina di Corvino e sua madre al loro palchetto», lo informò, «ho eseguito, come da voi richiesto, uno scrupoloso interrogatorio degli spettatori assisi sulle postazioni limitrofe a quella delle

due donne, domandando se qualcuno avesse per caso notato la finta decapitazione di cui è stata testimone Ludovica».

«E quali risultati avreste ottenuto?»

«La maggior parte degli interrogati ha confessato di non aver visto nulla d'insolito», rivelò Bernardo. «La giustificazione principale da loro addotta è che, perlopiù, non erano provvisti di cannocchiali, ritrovandosi perciò impossibilitati a distinguere i dettagli del fondale prospettico. L'altra motivazione è che in molti, all'apertura del primo atto, si stavano facendo i fatti loro».

«Cosa significa?»

«I fatti loro», ripeté il ragazzo, imbarazzato. «Chiacchieravano. Sonnecchiavano. Amoreggiavano».

Vitale lo scrutò deluso. «Quindi», mormorò, «eccetto Ludovica di Corvino, non disponiamo di nessun altro testimone?»

«Un altro l'ho trovato, in verità», ribatté Bernardo, strappandogli un mezzo sorriso di speranza. «Un lord inglese».

«Un lord?», ruminò stranito.

«Sì».

«E cosa vi avrebbe detto costui?»

«Nulla».

«Ma allora...», lo fissò confuso il precettore.

«Al mio arrivo, sulle poltrone del suo palchetto,

c'era soltanto la moglie», spiegò il ragazzo. «È stata lei a raccontarmi l'accaduto».

«Cioè?»

«Il marito, l'unico dei due a seguire il dramma con l'ausilio del cannocchiale, è scattato in piedi all'improvviso e, in un crescendo di sdegno, ha dichiarato alla moglie d'aver assistito a un'uccisione "alla francese"».

«Alla francese?», ripeté Vitale. «Ha detto proprio così?»

«Sì», confermò Bernardo. «Dopodiché il lord è uscito dal palchetto, senza più far ritorno».

«E senza prendersi nemmeno il disturbo di comunicare alla moglie dove intendeva recarsi?»

«Esattamente». Federici si accarezzò il mento. «Un enigma dentro l'enigma», rimuginò perplesso.

«Di primo acchito l'ho pensato anch'io», convenne con lui il ragazzo, mentre sul suo volto paffuto affiorava una smorfia sorniona. «Poi, però, mi sono rammentato d'aver già udito il nome di quel lord».

«Nome che peraltro mi avete finora taciuto», sottolineò il precettore con una punta di irritazione.

«John Hervey», proferì Bernardo. «Vi suggerisce qualcosa?»

«Nulla».

«È naturale, si tratta di informazioni riservate», spiegò il giovane conte. «Io stesso ne sono entrato a conoscenza accidentalmente, ascoltando una conversazione del mio signor padre».

«E potreste mettermene al corrente?»

«Vi renderò noti solo gli elementi utili ai fini dell'indagine», specificò Bernardo, assumendo l'atteggiamento di un consumato politico. «Ebbene, dovete sapere che lord John Hervey è l'ambasciatore più influente inviato dalla corona inglese con l'incarico di intimare il granduca di Toscana a sospendere i suoi rapporti diplomatici con la Repubblica francese».

«Una posizione niente affatto comoda», ne dedusse Vitale, sardonico. «Sono molte le voci secondo le quali Ferdinando III nasconda, dietro la sua apparente posizione di neutralità, una spiccata simpatia per la Francia rivoluzionaria».

«In realtà, il granduca Ferdinando paventa che le milizie francesi possano invadere l'Italia. Un timore in grado di provocare, da parte sua, la situazione di ambiguità politica che avrebbe costretto lord Hervey a orchestrare il famoso blocco navale di Livorno».

«Da molti giudicato un atto di pirateria», non poté esimersi dal deplorare Federici.

Bernardo si strinse nelle spalle. «Ciò non toglie che Ferdinando III abbia dovuto far buon viso a cattivo gioco, aprendo le porte del granducato agli inglesi, al punto da accoglierli, come possiamo vedere, persino nel suo regio teatro di Firenze. A dispetto della durezza delle condizioni a lui imposte».

«Alludete alla clamorosa espulsione dei diplomatici e dei mercanti francesi dal suolo del granducato?»

«Si è andati ben oltre», sospirò il ragazzo. «In questo momento, per compiacere gli inglesi, le milizie del granduca sono impegnate a dar la caccia ai cosiddetti giacobini toscani, ossia i componenti del popolino e della borghesia che simpatizzano per le idee rivoluzionarie».

«E tutto questo», domandò Vitale, prima di superare gli ultimi gradini diretti al ballatoio che conduceva all'ufficio del direttore, «come si collegherebbe alla nostra indagine?».

L'espressione di Bernardo si adombrò. «Credo che la messinscena degli automi sia servita a suscitare una reazione di lord Hervey».

«In altre parole, ventilate l'ipotesi di un complotto politico?».

Il giovane annuì. «Un complotto probabilmente organizzato con la complicità di alcuni membri dell'Accademia degli Immobili».

«La vostra accusa è grave», commentò Federici.

«Quale accusa?», li fece sobbalzare una voce alle loro spalle.

I due si voltarono all'unisono, ritrovandosi di fronte Ludovica di Corvino, intenta a fissarli da qualche gradino più giù.

18

«Mia cara», sobbalzò Vitale, «cosa ci fate qui?».

Ludovica di Corvino superò gli ultimi gradini che la separavano da lui e da Bernardo. «M'inganno», sussurrò, «o parlavate di un complotto?»

«Non è affar vostro», tagliò corto Federici. «Tornate al vostro palchetto».

Lei, però, continuò ad avvicinarsi. «La vostra fronte...», parve dispiacersi. «Siete stato ferito?»

«Non è nulla di grave».

«Fatemi controllare», insistette la contessina, scostandogli una ciocca di capelli.

Insospettito da tante attenzioni, Vitale arretrò con malgarbo. «Cosa ci fate qui?», ripeté.

«Volete la verità?», cinguettò Ludovica. «Cercavo proprio voi».

«E come potevate sapere che mi avreste trovato al piano della soffitta?»

«Ero presente sul palco quando chiedeste al direttore di convocare due persone nel suo ufficio, rammentate? Perciò mi sono recata in questo settore dell'edificio nella speranza che non ve ne foste già andato».

«Confido che siate in grado di ritrovare da sola la strada del ritorno», replicò lui, severo, «perché non è il momento più adatto per soddisfare i vostri capricci».

«Siete ingiusto», protestò la giovane dama. «Non ho ancora accennato a darvi una spiegazione, e già avreste la presunzione di conoscere il motivo che mi ha portata da voi».

«Auspico non sia per offendermi o per colpirmi con un altro schiaffo!», la canzonò Vitale.

«Niente affatto».

«Allora per scusarvi del vostro comportamento».

«Questo mai», si schermì la giovane dama. «Vi siete meritato ogni singola parola uscita dalla mia bocca. E se, oltretutto, mostrate una tale arroganza da supporre che sia giunta fin qui per perdonarvi della vostra condotta...».

«Vi prego di arrivare in fretta al punto», la spronò Federici, per poi indicare il ballatoio a pochi passi sopra di loro. «Ho un interrogatorio da condurre e un caso da risolvere».

«Prima del concludersi del secondo atto», puntualizzò con fierezza Bernardo.

«E sia!», sbuffò Ludovica. «Se non v'interessa sapere cosa penso di voi, tanto vale che vi comunichi ciò per cui sono venuta e tolga subito il disturbo».

«Ve ne sarei infinitamente grato», replicò Vitale.

Per un attimo, la contessina di Corvino parve sul punto d'incenerirlo con lo sguardo. «Sono qui per via degli automi», rivelò infine.

Il precettore si adombrò. «Ebbene?»

«Credo di aver capito da dove provengano».

«Ne siete sicura?».

La dama annuì. «Il volto della fanciulla decapitata», specificò. «Sono certa d'averlo già visto. C'è voluto un attimo perché me ne rammentassi. Poi, però, ho realizzato di non ingannarmi».

«I volti di questo genere di macchine sono un po' tutti simili», le fece notare Bernardo. «Siete certa di non serbare il ricordo di qualcosa che semplicemente assomigliasse a quanto visto nella camera oscura?»

«No, l'ho osservato bene», dichiarò Ludovica, risoluta. «Si trattava dello stesso automa».

«E quando vi sareste imbattuta in codesto ordigno?», volle sapere Vitale.

«Due giorni fa, qui a Firenze, in via San Giglio».

«A pochi passi dalla Pergola!», fremette il precettore.

«Ero a spasso con mia madre e con una sua cara amica presso la quale siamo ospiti da un paio di settimane», rivelò la contessina. «Un po' perché stanche di camminare, un po' per divertirci, non abbiamo resistito alla tentazione di entrare nella bottega di un orologiaio. Un tipo singolare, mezzo fiorentino e mezzo francese, che nella speranza di venderci qualcosa ci ha mostrato delle pendole e altri ordigni musicali. Non tutti oggetti di sua creazione, ci ha confessato. Alcuni provenivano da oltralpe, Austria o addirittura Svizzera».

«E l'automa femmina di cui parlate?», la incalzò lui.

«In quell'occasione gli ho solo dato uno sguardo di sfuggita», disse Ludovica. «È per questo motivo che ci ho messo un po' per rammentarmene».

«Soltanto di sfuggita, dite...», rimuginò Federici, perplesso.

«Però son certa di non sbagliarmi!», rimarcò la dama.

Il precettore scambiò un'occhiata con Bernardo, quasi a voler chiedere il suo parere. Poi tornò a fissare Ludovica. «Sareste venuta a cercarmi per mettermi a parte di questa vostra intuizione?»

«Non appena l'ho avuta ne ho discusso con mia madre», replicò lei, «ed entrambe ci siamo trovate d'accordo sul fatto che questa informazione potesse esservi utile ai fini della risoluzione dell'indagine».

«Lo sarebbe», le concesse, «se vi ricordaste anche del nome dell'orologiaio».

La contessina di Corvino si accigliò, chiudendosi in una breve meditazione. «Franchini...», mormorò assorta. «Mi pare si chiamasse Franchini... Anzi no!», cambiò improvvisamente idea. «*Francini*. Mastro Ettore Francini», e incupì lo sguardo. «Forse sarebbe il caso che lo andaste a cercare, anziché girare a vuoto in questo teatro».

«Molto bene», chiuse la questione Vitale. «Vi prometto che ne terrò conto».

«Tutto qui?», si stizzì la giovane dama. «Non mi spetta neppure una parola di gratitudine?»

«Vi ringrazio, mia cara», glissò Federici, mentre riprendeva il cammino verso l'ufficio del direttore. «Ora andate», soggiunse. «E porgete i miei saluti a vostra madre Astolfa».

19

Entrati che furono nell'ufficio del direttore, trovarono un ometto tarchiato seduto alla scrivania, davanti a una bottiglia di rosolio.

«Mastro Rossi!», lo apostrofò Bernardo. «Dov'è il vostro compare?»

«Alludete al signor Chiari?», singhiozzò il librettista, passandosi la lingua sulle labbra. Quindi spostò lo sguardo su Vitale. «E costui chi sarebbe?»

«La persona che ha chiesto di interrogarvi», rispose il precettore, mentre chiudeva la porta d'ingresso dietro di sé.

«Alla buon'ora!», ridacchiò Gaetano Rossi, versandosi nel bicchiere l'ultima goccia di liquore rimasto.

«Alla faccia di Gargantua!», esclamò il ragazzo. «Non molto tempo fa, quella bottiglia era quasi piena!».

«Colpa vostra!», motteggiò rabbiosamente il librettista. «Potevate venir prima e sciogliermi da questa sgradevole incombenza!».

«E Giovannino Chiari?», insistette Bernardo. «Dov'è?».

Rossi si strinse nelle spalle. «Se n'è andato», rivelò. «Gli avevo proposto di farci insieme una bella bevuta, ma quel somaro è più astemio di una suora! E così, *puff*, s'è dileguato!».

«Dev'essersene andato già da un po'», suppose Federici. «Altrimenti l'avremmo incrociato lungo la salita».

Il discepolo annuì. «Sarà tornato al suo posto in platea».

«Chi può dirlo?», commentò il precettore, perplesso, per poi trascinare uno scranno fino alla scrivania. «Ebbene, mastro Rossi», esordì dopo essersi seduto di fronte a lui, «potreste farmi la cortesia di rispondere a qualche domanda?»

«*Puff!*», ripeté il librettista, gonfiando le guance così rubizze da assomigliare a due melagrane mature. «Oh, che bel suono!».

«Un po' di contegno», lo esortò Vitale. «Si tratta di una faccenda alquanto seria».

«Voi dite?», sghignazzò Rossi. «Una faccenda seria? A teatro?»

«Serissima, signore mio. E se mi consentiste di riflettere con voi su certi aspetti della vicenda...».

«*Riflettete un po', mia bella Guantaia, che foste*

una delle mie scolare!», prese a cantare il librettista. «*E anche voi, Bianca la Calzolaia, ora, e non dopo ci dovete pensare...*».

«In nome di Dio!», trasecolò Bernardo. «Costui è ubriaco fradicio!».

«Cercate qualcosa che mi aiuti a farlo rinsavire!», gli ordinò Federici.

«E che cosa, di grazia?»

«Vedete se vi riesce di trovare dei sali di lavanda, o magari del carbonato d'ammonio».

«Questo è un ufficio, mica una spezieria!».

«*E voi, mia seducente Salumiera*», continuava nel frattempo il tarchiatello, «*così leggera nel passo danzante! / O voi, mia Guglielmina Tappezziera, non deludete mai l'insegnante...*».

«Cercate lì dentro», consigliò Vitale, indicando al discepolo il massiccio armadio di noce sul quale riposava l'orologio. Dopodiché si sporse in avanti e schiaffeggiò mastro Rossi. «Ascoltatemi! Ho bisogno che torniate lucido!».

«*E voi Giovannina bella Cappellaia, attenta che l'amico non vi appesti!*».

Un altro schiaffo.

«*E Caterina, voi, bella Borsaia, / non mandate gli uomini agli arresti...*».

«Indietro!», avvertì all'improvviso Bernardo. Federici fece appena in tempo a scansarsi che una secchiata d'acqua investì in piena faccia Gaetano Rossi.

«Per tutte le bagasce!», imprecò quest'ultimo. «Cos'è questo schifo?»

«Suvvia, non siate volgare», lo canzonò Vitale, lieto di vederlo tornare in sé. «In fin dei conti, è solo un po' d'acqua fresca!».

«In verità gli ho vuotato addosso un pitale», rivelò Bernardo, andando a riporre un vaso da notte dietro il mobile in noce.

«Be', c'è di peggio», minimizzò il precettore, piantando gli occhi sul librettista. «E ora ditemi, signore, in quale misura avete preso parte all'organizzazione degli apparati scenici delle *Feste d'Iside*?»

«Cosa... significa?», replicò l'uomo, sbattendo gli occhi disorientato. «Io ho solo scritto il libretto del dramma!».

«È vero», gli concesse Vitale. «Però nel libretto, all'apertura di ogni scena, avete descritto minuziosamente le ambientazioni dalle quali lo scenografo ha preso spunto per dipingere i fondali».

«E allora?», replicò il librettista, mentre ritrovava il suo spirito bellicoso. «Avreste da sollevarmi contro qualche critica?»

«Solo una, riguardo il paesaggio da voi proposto per la scena di apertura».

«Ebbene?»

«Il colonnato del tempio. In corso d'opera, avevate per caso previsto di praticare un'apertura sul fondale?»

«Quale apertura?»

«Una sorta di passaggio nascosto che consentisse di attraversare un portale ad arco all'apparenza fittizio», spiegò Vitale, mantenendosi volutamente sul vago.

«Non so di cosa stiate parlando», bofonchiò il librettista.

«Quindi», continuò a incalzarlo, «asserireste di non sapere nulla della camera oscura?»

«*Quale* camera oscura?».

Il precettore troncò il discorso con un gesto della mano. «In quali rapporti siete con il signor Chiari?»

«Alludete a mastro Giovannino, lo scenografo?».

Vitale annuì.

«Abbiamo lavorato insieme a diversi progetti», rivelò Rossi, «ma ciascuno per conto proprio».

«Cosa significa?»

«Che gli faccio recapitare i testi del libretto molto tempo prima che vengano dati alle stampe, in modo che egli possa portarsi avanti con il suo lavoro di pittura».

«E non usate consultarvi su certi dettagli riguardanti la realizzazione dei teloni prospettici?»

«Non ce n'è mai stato bisogno», confessò Rossi. «Chiari è un maestro nella sua arte. Le sue vedute illusorie e i suoi interni grotteschi sono, a mio parere, degli autentici capolavori».

Vitale annuì. «E il macchinista della Pergola, lo conoscete altrettanto bene?».

Prima di rispondere, il librettista prese un fazzoletto da un taschino e si asciugò la faccia con un'espressione disgustata. «Niente affatto», replicò. «Di Giuseppe Borgini conosco solo la fama d'instancabile lavoratore e di genio della meccanica».

«Quindi non sapreste dire fino a che punto egli possa intromettersi nel lavoro di mastro Chiari e, magari, proporre all'ultimo qualche modifica dei tendoni prospettici».

«Questo esula molto dal mio lavoro, signore», lo deluse Rossi. «In fin dei conti, mi limito a scrivere i libretti...».

«Allora», s'intromise Bernardo, «perché avete tanta paura d'essere interrogato sui messaggi politici nascosti nelle vostre opere?»

«Oddio!», sobbalzò il tarchiatello. «Quali contenuti politici?»

«L'avete lasciato intendere poco fa», gli rammentò il ragazzo, «mentre parlavate con il direttore».

«Non ho asserito nulla del genere!», si difese il librettista. «Ho solamente detto che la censura e l'inquisizione rappresentano una spina nel fianco per chiunque inforchi una penna o armeggi con un torchio tipografico!».

«È vero, vi siete espresso in maniera alquanto vaga», ammise Bernardo, mentre accentuava i suoi modi accusatori. «Però il vostro timore era palpabile, tanto da indurmi a pensare che celaste qualcosa…».

«Ora basta!», strepitò mastro Rossi, battendo i pugni sulla scrivania. «Non permetto a nessuno di parlarmi in questo modo!».

«Nemmeno ai giacobini toscani?», provò a pungolarlo il ragazzo. «Ai simpatizzanti dei rivoluzionari francesi?».

Con uno scatto inaspettato per la sua mole, il librettista scavalcò la scrivania come un enorme rospo e fece per afferrare il collo del povero Bernardo. Ma Vitale lo intercettò, spingendolo di lato.

«Porci!», berciò Gaetano Rossi, mentre finiva a ruzzolare sul pavimento. «Calunniatori bastardi!».

«Ora basta!», tuonò una voce di baritono.

Vitale e Bernardo si voltarono verso la soglia, imbattendosi nella faccia trasfigurata dalla collera di Francesco Cecchi.

«Signor direttore…», fece per giustificarsi il precettore.

Il nuovo arrivato lo tacitò con un gesto esasperato. «Non potete sapere, signor Federici, con quanto piacere assisterei alla scena di voi che venite trascinato fuori dal mio teatro tra le braccia degli armigeri del granduca! Ma prima che ciò avvenga, esigo di sapere chi sia stato, tra di voi, ad aprire la cassaforte!».

20

«Quale cassaforte?», domandò Vitale.

Francesco Cecchi gli indicò il mobile in noce. «Vedete quell'anta?», sentenziò. «Quando sono uscito dall'ufficio, ho assoluta certezza che fosse sigillata. Invece adesso, come potete ben notare, è socchiusa!».

«Ignoravo che quell'armadio fosse un forziere», confessò Federici, rimproverandosi di essere entrato nella stanza con troppa foga per prestare attenzione a certi particolari. «In ogni caso, ve l'assicuro, né io né il mio discepolo abbiamo tentato di scassinarlo».

«In verità, scambiandolo per un armadio», gli rammentò Bernardo, «mi avevate suggerito di cercare al suo interno dei sali di lavanda nel tentativo di far rinsavire mastro Rossi», e abbassò gli occhi per nascondere l'imbarazzo e la costernazione. «È stato allora che l'ho aperto. Ma in mia difesa, posso giurare che la serratura era già sbloccata e l'anta solo accostata, così da *sembrare* chiusa».

«E avete rovistato al suo interno?», lo inquisì indignatissimo il direttore.

«Assolutamente no!», confessò il ragazzo. «Anzi, ho subito cercato altrove... Dal momento che era vuota».

«Cosa significa *vuota*?!», strepitò mastro Cecchi, attraversando la stanza in un lampo. «Oh, Gesù! Oh, Maria santissima!», seguitò a sbraitare dopo essersi gettato in ginocchio davanti al mobile. «Non ci credo! Non è possibile! Signore onnipotente, perché mi punisci in questo modo?»

«In fede mia», mormorò Federici, «non l'ho visto così disperato nemmeno di fronte alle salme del baritono e del macchinista...».

«Voi non capite! Non avete idea della catastrofe!», si voltò verso di lui mastro Cecchi. «Qui dentro c'era il ricavato degli incassi degli ultimi dieci spettacoli!».

Vitale scrutò prima l'espressione attonita di Bernardo e poi quella sempre più abbrutita del direttore. «Intendete dire che...».

«Guardate voi stesso!», tuonò mastro Cecchi, spalancando di botto l'anta del mobile.

«Però!», fischiettò sardonico Gaetano Rossi. «Han fatto proprio un bel repulisti!».

«Zitto voi, che siete tra i principali sospettati!», lo fulminò il direttore.

«Io?», fremette il librettista.

«Sì, proprio voi!», confermò Cecchi, marciando verso di lui. «Siete rimasto solo in questa stanza con quel menagramo dello scenografo per quasi tutta la durata del primo atto e del primo ballo, fino adesso!».

«Questa è bella!», rispose a tono Rossi. «E dove avrei messo il maltolto?».

Il direttore lo trapassò con lo sguardo. «L'avrete dato a Chiari perché lo portasse via!», e lo afferrò per il bavero. «Confessate, brutto mariolo! È andata così, non è vero?»

«Toglietemi le mani di dosso!», reagì il librettista, appioppandogli un ceffone che gli fece volar via la parrucca.

«Signori miei, signori miei, fermatevi!», intervenne Vitale, nel tentativo di mettersi in mezzo per dividerli.

«Ecco che arriva l'altro furfante!», lo apostrofò mastro Cecchi, la testa paonazza completamente calva, mentre riversava su di lui la sua disperazione e la sua collera. «Credete forse di essere immune dai sospetti, precettore dei miei stivali?»

«Ragionate, imbecille!», si esacerbò Federici. «Credete davvero che se fossi stato io, a derubarvi, mi sarei preso il disturbo di restare qui ad aspettare il vostro arrivo?». Dopodiché si voltò verso Rossi. «Il discorso vale anche per questo ubriacone! Perché mai egli avrebbe dovuto esporsi al rischio di farsi trovare nel vostro ufficio, se fosse stato complice del furto?»

«E Chiari, allora?», obiettò il direttore, dando cenno d'aver lievemente recuperato il lume della ragione.

«Mastro Giovannino non ha toccato la vostra maledetta cassaforte!», gli urlò contro il librettista, ancora imbestialito. «Se n'è andato soltanto perché era stufo e offeso!».

«Bella scusa!», sbuffò Cecchi, raccogliendo da terra la parrucca.

«Suvvia, signor direttore!», tentò di placarlo Bernardo. «Anche se qualcuno avesse rubato il contenuto della cassaforte, non potrà certo andare lontano. Vi siete prodigato a sigillare tutte le uscite del teatro, rammentate? Gli armigeri e gli accademici lo acciufferanno, è solo questione di tempo».

«Se ciò accadesse, si verificherebbe una catastrofe persino maggiore!», paventò Cecchi, sprofondando in uno stato di ancor più cupo avvilimento. «Per la Pergola sarebbe una sciagura! Un assoluto disastro!».

«Perché mai?», domandò il ragazzo.

«Perché, evidentemente», arguì Vitale, «la cassaforte non conteneva soltanto denaro». E scrutò il direttore con un'occhiata volpina. «Ho ben intuito?».

L'uomo non poté far altro che annuire.

«Si tratta di oggetti dei quali non dovreste essere in possesso», continuò a interrogarlo il precettore. «O di documenti compromettenti?»

«Ora pretendete di sapere troppo», si schermì Francesco Cecchi, infilando la sua pomposa nuvola cinerina in testa. Infine, recuperando quel poco che avanzava del proprio contegno, invitò il librettista a uscire dall'ufficio.

«Ma non abbiamo ancora finito di interrogarlo!», protestò Bernardo.

«In verità», lo contraddisse Vitale, «il signor Rossi è libero di andare».

«E l'ipotesi del complotto politico?», insistette il ragazzo.

«La persona alla quale stiamo dando la caccia ha ucciso due persone ferendole frontalmente, con un affondo di pugnale, sul lato sinistro del corpo. Perciò era destrimano. Invece mastro Rossi, a giudicare da come ha versato il rosolio nel bicchiere e colpito mastro Cecchi, è mancino».

«Se ben rammento quanto mi avete raccontato sulla vostra disavventura nel sottopalco», lo mise in guardia Bernardo, «anche il vostro aggressore era mancino».

«Dimenticate che si trattava di un'immagine riflessa», gli fece notare Federici. «Inoltre, la figura ammantata nella quale mi sono imbattuto sembrava molto più alta e asciutta di Gaetano Rossi».

«Bene così», tagliò corto il direttore, per poi rivolgersi al librettista. «Potete andare. Con le mie scuse, ovviamente».

«Sapete dove potete mettervele, le vostre scuse?», replicò burbero Rossi, mentre si eclissava oltre l'uscio senza curarsi di richiudere il battente.

«E ora», soggiunse Cecchi, non appena fu certo che il tarchiatello se ne fosse andato, «veniamo a noi».

«Ah, l'avevo immaginato!», sorrise Vitale. «La vostra riluttanza a parlare del contenuto della cassaforte era solo una messinscena!».

«Avrei forse dovuto svelare i miei segreti davanti a quel cornuto del librettista?», replicò il direttore, sempre più corrucciato. «Per quanto, l'ammetto, non sia nemmeno entusiasta di confidarmi con voi, signor Federici! La vostra supponenza m'infastidisce oltre misura, per non parlare della smorfia sarcastica che pare non abbandoni mai la vostra faccia. Ma tant'è! A quanto pare, siete l'unica risorsa alla quale posso ricorrere per cercare di porre rimedio in modo discreto al danno che ho subito».

«Lo credo anch'io», convenne il precettore, dopo aver scambiato un'occhiata d'intesa con Bernardo. «Se, per questioni di riservatezza, preferite non rivolgervi agli armigeri e agli Immobili, i soli a potervi aiutare restiamo io e il mio discepolo».

«Infatti!», sospirò Francesco Cecchi, con l'espressione di chi si accingeva a stringere un patto con il diavolo. «Perciò siate gentile, signor Federici, serrate la porta e preparatevi ad ascoltare con attenzione».

21

«Oltre a una somma pari a diciottomila fiorini», rivelò Francesco Cecchi, non appena l'ingresso dell'ufficio fu richiuso, «la cassaforte conteneva alcune lettere».

«Siate più esplicito», lo invitò Federici.

«Lettere indirizzate a sua grazia, il granduca di Toscana».

Bernardo non poté trattenere un'esclamazione di meraviglia. «E perché ne eravate in possesso voi?»

«Diciamo...», indugiò l'interrogato, «che fungevo da intermediario».

«Per conto di quale mittente?», s'informò Vitale.

Gli occhi di mastro Cecchi fuggirono verso il pavimento. «Su questo particolare, preferirei mantenere il riserbo».

«Uno scrupolo inutile», commentò il precettore. «Una volta che avrò recuperato quelle missive, mi basterà leggerle per violarne il segreto».

«Non le leggerete!», sbottò all'istante il direttore. «Dovete giurarmelo».

«Ma…», fece per replicare Federici.

«Se mai vi riuscisse di entrarne in possesso», specificò Cecchi, «vi prego di distruggerle».

Vitale rimase un attimo in silenzio, a osservarlo con attenzione. L'uomo al suo cospetto pareva ormai ridotto ai minimi termini. Ogni traccia di orgoglio e di aristocratico contegno si era sciolta come neve al sole, lasciando un bozzolo di paura e di risentimento. «Mi state chiedendo una cosa impossibile», dichiarò. «Se il mio sguardo dovesse cadere su quelle lettere per un istante, anche non volutamente, potrebbe cogliere qualche contenuto del testo o addirittura il nome del loro autore. E di ciò non potreste imputarmi alcuna colpa».

«Accetto il rischio», replicò il direttore, dopo una breve riflessione. «Tanto più che l'identità del mittente è celata sotto uno *nom de plume*. Ma voi…», soggiunse in un crescendo di risolutezza, «dovrete comunque promettermi che le brucerete».

«Come desiderate», gli assicurò Vitale, per poi avvicinarsi alla cassaforte. Cecchi si accigliò. «Cosa intendete fare, signore?»

«Non è ovvio? Esaminarla!», rispose. E dopo aver spalancato l'anta del mobile, controllò ogni angolo delle pareti interne, di ferro massiccio, rivestite dall'involucro di noce. Un vano algido, interamente vuoto, compresi gli otto cassettini collocati nella parte bassa, tutti aperti, alla stregua di piccole trappole per topi dalle quali i roditori erano fuggiti.

Quindi Federici si dedicò allo studio della serratura. Un congegno assai ingegnoso, a quattro catenacci, collegato a una toppa per l'inserimento di un'unica chiave.

«Non scorgo segni di effrazione», dichiarò.

«Cioè?», fremette il direttore.

«Il forziere non è stato scassinato».

«Ma come!», s'indignò Cecchi. «Se vi ho appena detto che la cassaforte era piena zeppa!».

«Il mio maestro non sta mettendo in dubbio la vostra parola», lo placò Bernardo. «Semplicemente, se di furto si è trattato, il ladro sembrerebbe aver aperto la cassaforte usando la chiave».

«*La chiave?*», ripeté l'uomo, mentre si batteva una mano sulla fronte. «Per tutti i santi, non può essere!».

Vitale piombò all'istante davanti a lui. «A cosa vi riferite?», lo incalzò.

«Ma la chiave...», balbettò il direttore, voltandosi frastornato verso la porta. «La chiave...».

«Non si trovava in questa stanza, è così?», suppose Federici.

«No, è naturale», si decise a rispondere Cecchi. «Non sono così sprovveduto da tenerla nella stessa stanza del forziere… E nemmeno da portarmela addosso, giacché correrei il rischio di perderla o di essere borseggiato! È un esemplare unico, capite? Unico e insostituibile, giacché non ne esistono copie! Perciò l'avevo nascosta in un luogo sicuro, all'interno del teatro».

«Dove?», intervenne Bernardo.

«Un luogo vicino…», continuò il direttore. «Comodo da raggiungere…».

«Ossia?», tornò alla carica Vitale.

Francesco Cecchi posò su di lui un'occhiata vacua e, improvvisamente privo di energie, si lasciò cadere sulla poltrona della scrivania. «Ho bisogno di un sorso di rosolio… Solo un goccio, affinché possa ritemprarmi…», disse con un filo di voce, per poi afferrare la bottiglia. «Oh, destino infame! È vuota!».

«Ringraziate mastro Rossi», ironizzò Bernardo, inarcando le sopracciglia.

«Orsù, signore, fate uno sforzo!», insisteva intanto Federici, dopo essersi portato al fianco del direttore. «A quale luogo state alludendo? È fondamentale che me lo diciate, se intendete affidarmi l'indagine!».

Per tutta risposta, mastro Cecchi emise un lamento così lugubre da parer essere uscito da una tomba. «Il camerino della voce sopranile», rivelò.

«La stanza di Teresa Bertinotti?», sobbalzò Bernardo. «Quella in cui è stato ucciso Cesare Biscossi?».

L'uomo annuì. «Tengo la chiave ben celata in uno scomparto segreto, dietro lo specchio».

Il ragazzo lo scrutò in un crescendo di sbigottimento. «Ma... Ma...», balbettò. «Ciò significa che...».

«Perché vi meravigliate tanto, amico mio?», prese la parola Vitale. «Era evidente che il furto fosse collegato ai delitti!». Quindi si rivolse di nuovo a mastro Cecchi. «Oltre a voi, c'è qualcun altro a conoscenza di quel nascondiglio?»

«Nessuno...», ansimò il direttore, mentre sprofondava nella poltrona. «Soltanto io sono al corrente della sua esistenza...».

«Permettetemi di dubitare», sentenziò Federici, con una ventata di umore nero.

22

«L'avevate capito fin da subito, nevvero?», domandò Bernardo, mentre allungava la falcata per stare al passo di Vitale. «Non appena è emersa la questione della cassaforte, avete intuito che il furto era collegato agli omicidi».

«Era lapalissiano, amico mio», rispose il precettore, orientandosi alla svelta tra i corridoi diretti ai camerini e alle stanze del trucco e del costume.

«Quindi l'illusionista degli automi, l'omicida del macchinista e del baritono, nonché il vostro aggressore...», continuò a riflettere il ragazzo, «altri non sarebbe che un vile ladro!».

«Voi credete? Avete dunque già dimenticato le lettere destinate al granduca?»

«Insinuate quindi che la persona alla quale diamo la caccia abbia orchestrato tutto questo intrigo allo scopo d'impossessarsi delle missive?»

«Se la verità fosse questa», valutò Federici, «non

ci troveremmo davanti all'opera di un semplice ladro, bensì di una spia o di un ricattatore».

Bernardo lo scrutò perplesso. «Dubito che un individuo del genere avrebbe rubato anche i diciottomila fiorini».

«Dubitate perché, lavorando di fantasia, vi siete fatto un'idea romantica di quel genere di personaggi», ironizzò Vitale. «In realtà, spie e ricattatori non sono altro che criminali. Forse dotati di maggiori intelligenza e scaltrezza rispetto ai comuni tagliaborse. E forse addirittura ligi nell'osservare un loro particolare codice d'onore. Nondimeno, sempre di criminali stiamo parlando. Ovvero di persone governate dall'istinto di arraffare quante più ricchezze possibili».

«Così, dopo aver messo le mani sulle lettere», tirò le somme Bernardo, «il nostro misterioso individuo non avrebbe resistito alla tentazione di svuotare la cassaforte». Federici non proferì alcun commento.

D'un tratto aveva rallentato l'andatura per osservare due sagome rincantucciate in fondo al corridoio.

«Chi va là?», domandò con tono autoritario e al contempo circospetto.

Le due figure si separarono all'istante e lo guardarono. Erano un uomo alto e allampanato e una giovane donna con il capo inghirlandato da una corona di piume di pavone.

«Ma io li conosco!», esclamò Bernardo. «Sono il signor Giovannino Chiari e la signorina Filomena!».

«Giovannino Chiari lo scenografo?», volle sincerarsi il precettore.

«In persona», rispose l'uomo dal fondo del corridoio, con tono palesemente imbarazzato.

«E la signorina?», soggiunse Vitale, spostando l'attenzione sulla ragazza vestita con uno sgargiante costume di scena.

«Si tratta di una ballerina», rivelò Bernardo. «È stata lei ad avvertire il direttore del ritrovamento del cadavere di Cesare Biscossi».

«Una ben strana coppia», commentò a bassa voce Federici, per poi avvicinarsi ai due. «Le mie scuse», disse loro. «Non era nostra intenzione disturbarvi in un momento d'intimità».

«Ma quale intimità e intimità!», bofonchiò Chiari. «Ho soltanto aiutato questa fanciulla a trasportare della biancheria sporca e...».

«E lei è stata così gentile da ricambiare il favore, suppongo», ironizzò il precettore, soffermando lo sguardo sul bel volto di Filomena.

«Oh, signore mio!», finse d'intimidirsi la ballerina. «Se continuate a fissarmi così intensamente, giuro che mi farete arrossire!».

«Scommetto che apparireste ancora più incantevole», ribatté con galanteria Vitale, per poi rivolgersi allo scenografo. «In quanto a voi, signore, vi trovo un po' fuori luogo».

«Cosa intendete?», si schermì Chiari.

«Che siete nella direzione opposta rispetto alla strada che conduce verso la platea».

«E con questo?», reagì brusco lo scenografo. «Chi sareste, voi, per permettervi di sollevare commenti su dove mi trovo?»

«La persona incaricata di interrogarvi», si presentò Federici, disegnando un educato inchino.

«Ah!», mormorò lo scenografo, sarcastico. E dopo aver posato lo sguardo su Bernardo, tornò a scrutare Vitale. «Dunque sareste il buffone che mi ha fatto convocare nell'ufficio del direttore, impedendomi di seguire la messa in scena delle *Feste d'Iside*!».

«Be'», rispose per le rime il precettore, «non mi pare proprio che vi sia andata male», e con un cenno d'intesa alluse alla graziosa Filomena. «Ora, tuttavia, sapete di non poter eludere le mie domande», sottolineò. «Perciò rispondete. Cosa ci fate dietro il palco, in questo luogo recondito, quando dovreste invece sedere in platea?»

«Non sono affari vostri!».

«Avete frainteso il senso del quesito. Con le mie parole, intendevo evidenziare il fatto che questi corridoi si trovano nella posizione diametralmente opposta rispetto ai posti degli spettatori. Perciò, ecco, come siete finito qui?»

«Ve l'ho già detto!», sbuffò l'uomo. «Dopo essere uscito dall'ufficio di mastro Cecchi, mi sono imbattuto in questa signorina intenta a trascinare tutta sola un grosso carico di vestiti sporchi. Così mi sono offerto di aiutarla a trasportare quel gravame fino alla rimessa delle carrozze, per deporli sull'apposito carro destinato a consegnare il bucato alle lavandaie del Lungarno. Ora siete pago?»

«Ma se, una volta uscito dall'ufficio, aveste preso la direzione per la platea, non avreste mai potuto incontrarla», gli fece notare Federici.

«Evidentemente mi sarò perso», si giustificò l'uomo.

«Evidentemente...», ruminò Vitale, quasi a voler mettere in dubbio la sincerità di quell'affermazione.

«Potete ben vederlo da voi», rincarò la dose lo scenografo. «Questi ambulacri formano un autentico labirinto. Aggirandosi al loro interno, basta un nonnulla per confondersi e perdere l'orientamento».

«Forse questo potrebbe accadere a chi non è avvezzo a muoversi all'interno del teatro della Pergola», puntualizzò il precettore. «Ma voi, signore, non rientrate certo in una simile categoria di persone, dal momento che siete lo scenografo di questo luogo».

«E allora?», inasprì i toni Giovannino Chiari. «Realizzo i fondali all'interno della mia bottega, non certo nella penombra di questi tuguri! Cosa volete che ne sappia di quanto si estendono i budelli dei camerini?»

«E di casseforti ve ne intendete?», lo mise alla prova Vitale.

L'uomo sbatté le palpebre. «A cosa vi riferite?», replicò disorientato.

«Proprio a nulla», chiuse la questione il precettore, mentre puntava lo sguardo sulla cravatta di pizzo annodata al collo del suo interlocutore. «Dite, signore, siete sposato?»

«E a voi cosa interessa?», domandò sempre più spaesato Chiari.

«Nel caso lo foste, siate cauto nel rincasare», gli consigliò Federici a mo' di congedo. «Il vostro *foulard* è macchiato di rossetto». E guardò Filomena con una nota di malizia. «Rossetto di ballerina».

23

«Perché avete lasciato andare via lo scenografo?», protestò Bernardo. «Non vi siete nemmeno disturbato di chiedergli se sapesse qualcosa sulla camera oscura e sugli automi!».

«Credetemi», lo placò Vitale, «di quell'uomo ho già capito abbastanza. E poi», soggiunse mentre sveltiva la falcata, «al momento abbiamo altre priorità».

«Lungi da me il volervi contraddire», non si diede requie il giovane, «però, secondo il mio modesto parere, avete commesso una leggerezza».

Anziché irritarsi, il precettore parve apprezzare la critica. «In certe occasioni», spiegò, «esercitare troppa pressione può provocare l'effetto contrario rispetto a quello desiderato. Benché possa risultare sfiancante, a volte conviene lasciar correre e pazientare, nell'attesa che gli eventi giungano alla loro naturale maturazione».

Bernardo insinuò una risatina nervosa. «Ossia che il colpevole dei delitti si dilegui col maltolto?»

«Una mossa più facile a dirsi che a farsi», commentò Federici, sibillino.

Sapendo che sarebbe stato inutile interrogarlo sul significato di quelle parole, il ragazzo gli passò davanti per guidarlo lungo l'ultimo tratto del percorso. «Ecco», disse, indicando una porta ai lati del corridoio. «Quello è il camerino di Teresa Bertinotti».

«Molto bene», sentenziò il precettore.

Dopodiché varcò l'ingresso al seguito di Bernardo.

«Questo è il punto in cui giaceva il corpo di Cesare Biscossi», spiegò quest'ultimo, fermandosi davanti a una chiazza vermiglia allargatasi sul pavimento.

«Ovviamente», rispose Vitale, ben più interessato a far scorrere lo sguardo sulle pareti disadorne dell'ambiente. «Se ben rammento», soggiunse, «il direttore ha detto che il nascondiglio della chiave della cassaforte si troverebbe dietro lo specchio».

«Sì», confermò Bernardo.

Dopo essersi portato dinanzi all'ovale dalla superficie riflettente, Federici ne esaminò con attenzione la cornice in legno dorato, un manufatto di mediocre fattura che imitava le sinuosità fiammanti dello stile rococò, fino a quando non individuò un punto in cui la vernice appariva leggermente sbiadita. Senza indugio lo premette con l'indice, provocando il rumore di uno scatto a molla in seguito al quale lo specchio si aprì come l'anta di un armadio, rivelando dietro di esso un minuscolo scomparto scavato nella parete.

«Affascinante», si lasciò sfuggire il giovane conte della Vipera, mentre guardava il maestro frugare all'interno della cavità.

«Credo sia più adatto un altro genere di aggettivo», replicò Vitale.

«Quale?», domandò il ragazzo, nell'incapacità d'interpretare quel tono di voce.

«Sconcertante», dichiarò il suo maestro. Quindi, a mo' di spiegazione, estrasse dal ricettacolo una grossa chiave di ferro. «Sì», rimarcò. «Credo proprio che "sconcertante" sia la parola giusta».

«Per la santa messa!», sobbalzò Bernardo in un lampo d'incredulità. «Non sarà mica la chiave di cui ci ha parlato il direttore!».

«Tutto lo lascia intendere, amico mio».

«Ma se quella chiave si trova lì dentro...».

«L'*unica* chiave», sottolineò Vitale. «Mastro Cecchi ha specificato che ne esiste soltanto una in grado di aprire la cassaforte. Rammentate?»

«Ma se si trova ancora nel nascondiglio...», ripeté il ragazzo, «come sarebbe riuscito, il ladro, ad aprire la serratura del forziere?»

«Usate gli occhi, amico mio! Non vi siete accorto di avere la risposta davanti ai vostri piedi?»

«Davanti ai miei piedi c'è solo la macchia di sangue di Biscossi!», brontolò il giovane.

«Dite davvero?», replicò il precettore, mentre si inginocchiava per raccogliere da un angolo del pavimento un piccolo oggetto rotondo.

Bernardo lo osservò accigliato. «Una moneta?»

«Un fiorino d'argento», specificò Vitale.

«E allora? Come spiegherebbe, quel fiorino, il fatto che il ladro non abbia avuto bisogno di utilizzare la chiave?»

«Oh, mio ingenuo Bernardo!», sospirò il precettore. «Rammentate l'allegoria della grotta di Platone? Quel che viene scorto adesso dai vostri occhi non corrisponde alla verità dei fatti, bensì a un ingarbugliato insieme di ombre! Ombre che vanno debitamente interpretate al fine di risalire a una verità più vera, visibile soltanto alla luce dell'intelletto!».

«Però, se la chiave è al suo posto...», insistette il ragazzo, quasi che i suoi pensieri non riuscissero a scardinarsi da quel ragionamento.

«La questione non è se la chiave sia o non sia al suo posto», tentò di aiutarlo Federici, col tono di chi formula un indovinello, «*ma se in quel posto ci sia sempre rimasta*».

«Da quale pulpito!», ironizzò qualcuno alle loro spalle. «Parlate proprio voi, signore, che vi si trova ovunque fuorché nel luogo in cui vi è stato ordinato di recarvi!».

Maestro e discepolo si voltarono di scatto verso l'ingresso del camerino, imbattendosi nel ventre a botte e nei baffoni spioventi del soldato Grob.

Dietro quell'imponente figura, il marchese Luca Pucci e altri gentiluomini armati di pistole e pugnali sogghignavano sprezzanti.

«Ordunque, signor Federici?», continuò il provveditore, canzonatorio. «A quanto pare, per farsi obbedire da voi, occorre ricorrere alle maniere forti!».

24

Di tutto si poteva dire di Francesco Cecchi, fuorché non fosse un uomo previdente. Infatti, in un cassetto della sua scrivania, ben protetta sotto un plico di vecchi copioni andati in scena alla Pergola nel corso dell'ultimo anno, c'era una bottiglia di rosolio ancora intonsa che il direttore contemplò di primo acchito come se fosse l'ultima scialuppa di una nave in procinto di affondare. Anche se, pensò subito dopo, sarebbe già stato molto se il liquore avesse placato il tremore che gli correva sotto la pelle.

«Signore Iddio, aiutami», mormorò mentre stappava la bottiglia.

A rispondere a quella preghiera fu un discreto bussare alla porta.

«Chi è?», fece l'uomo.

Non aveva ancora riposto il rosolio nel cassetto che la porta si aprì, mettendolo di fronte a un figuro avviluppato di nero.

«Chi siete?», rimarcò il direttore, alzandosi in piedi.

L'individuo avvolto nel mantello si fece avanti, dando per un attimo a mastro Cecchi l'impressione di aumentare di statura a ogni passo, alla stregua di un'ombra allungata dal tramonto.

«Avreste la compiacenza di rispondermi?», tentò di mostrare coraggio il direttore. «O preferite che allerti gli armigeri?».

Indifferente alla minaccia, lo sconosciuto continuò a camminare fino a quando non si trovò davanti alla scrivania. «*De la Flotte!*», sentenziò allora, con tono basso e autoritario. «Si tratta di lui, è così?».

Francesco Cecchi sbatté le palpebre per lo sconcerto. «Cosa significa?», replicò. «Vorreste spiegare?»

«*De la Flotte!*», ribadì l'uomo in nero, strascicando ogni sillaba come se stesse cercando di sputare una lama di rasoio. «Dov'è?»

«Dovete perdonarmi... Non capisco...», squittì il direttore, mentre si sentiva pervadere da un repentino senso d'inquietudine. Sentimenti istintivi, ancora slegati da una vera e propria ragione logica, finché non tramutarono in un'ondata di puro terrore davanti alla vista del mazzafrusto che spuntava dai risvolti del mantello dell'uomo in nero.

«*Alexis de la Flotte!*», sibilò lo sconosciuto. Prima di colpire.

25

«State commettendo un grave errore», mormorò Vitale.

«*Ruhig!*», lo zittì Theodor Grob, mentre gli puntava la pistola contro la schiena. «Risparmiate il fiato per quando sarete al cospetto di sua grazia il granduca».

«Ma non capite che è proprio per il bene del granduca che sto parlando?», insistette Federici.

Il soldato lo colpì in mezzo alle scapole per spronarlo ad allungare il passo.

«Ascoltatelo!», intervenne Bernardo, intento a camminare accanto al precettore. «L'intrigo ordito in questo teatro potrebbe mettere a repentaglio l'incolumità di Ferdinando III e di sua moglie!».

Apparentemente sordo a quelle parole, Grob continuò a scortarli lungo i corridoi retrostanti le assise. «Ancora una rampa di scale e saremo giunti a destinazione», sentenziò col tono di chi pronunzia una condanna capitale. «Dopodiché non sarete più affar mio».

«Dev'essere bello intendere le cose come fate voi», lo punzecchiò a quel punto Vitale. «Eseguire gli ordini senza riflettere sulle conseguenze, alla guisa di un cane ammaestrato!».

«Se tutti obbedissero a ciò che viene loro comandato», replicò secco l'armigero, «il mondo sarebbe un luogo assai più ameno».

«Avete sentito, amico mio?», ironizzò Federici in direzione di Bernardo. «Il nostro compare vagheggia un mondo di cani ammaestrati».

«Un mondo di automi», rincarò la dose il giovane, con una nota di tristezza.

«Se così fosse», replicò il precettore, «ogni cosa sarebbe più facile, è indubbio. Soprattutto gabbare il prossimo».

«*Ruhig!*», rimarcò nervosamente il soldato Grob. «Vi rammento che, nel caso doveste diventar molesto, il signor provveditore mi ha autorizzato a far uso della forza!».

«Ah, proprio un bel tipo, quello!», continuò a motteggiare Vitale, sempre rivolto al suo discepolo. «Voi cosa ne pensate?»

«Che il marchese Pucci non riuscirebbe a trovare il buco di una serratura neppure se l'avesse di fronte a sé», rispose Bernardo.

«Non a caso», convenne il precettore, «ci ha consegnato a questo austriaco senza nemmeno curarsi di chiederci cosa stessimo facendo nel camerino di Teresa Bertinotti».

«Forse», sospirò il ragazzo, «reputava ci fossimo smarriti come mastro Chiari!».

«In realtà sapeva benissimo che eravate in quella stanza per cercare indizi», commentò Grob, prendendosi per un attimo la soddisfazione di averli fatti ammutolire.

«E da chi l'avrebbe saputo?», s'informò Vitale.

«Da una donna che ha incontrato mentre si recava nell'ufficio del direttore», rivelò l'armigero.

«Chi?»

«Non ne ho idea», glissò Grob, per poi colpirlo nuovamente in mezzo alla schiena. «E ora imboccate quella salita!», gli intimò, alludendo alle scale che partivano alla fine del corridoio. «Se sarete abbastanza lesto, saremo sul palchetto del granduca in tempo per assistere alla conclusione del secondo atto».

Ma non appena ebbe messo il piede sul primo gradino, Vitale si fermò. «Mastro Theodor», disse voltandosi, «vi prego di ascoltarmi».

«Vi ho ascoltato fin troppo! Ora muovetevi o avrete di che pentirvi!».

«Mi sparereste solo perché intendo discutere con voi?», lo sfidò.

«Non sopravvalutatevi», sogghignò l'armigero.

«Mi limiterei a tramortirvi con un pugno, dopodiché inizierei a trascinarvi su per le scale alla guisa di un sacco di patate».

«E se invece vi dessi l'opportunità di fare qualcosa di davvero utile per il granduca?».

Grob emise uno sbuffo. «Non intendo certo prendere ordini da un piantagrane!».

«Nessun ordine», precisò Vitale. «Se me lo consentite, vorrei semplicemente mettervi davanti a una scelta».

«Mi credete davvero così stupido da potermi manipolare?»

«Al contrario», replicò il precettore, «spero con tutto me stesso che dentro quella vostra grossa testa di austriaco risplenda un barlume d'intelligenza».

Per un instante, Grob parve sul punto di reagire con violenza all'insulto.

«Quando tutto sarà risolto potrete colpirmi», gli promise Federici, mentre meditava in fretta sulla sua prossima mossa. «Adesso, però, aprite bene le orecchie...».

26

Quando Bernardo raggiunse le assise del granduca, dal palcoscenico risuonava il triste canto di Teresa Bertinotti, nei panni della splendida Azema.

Ah, vivi, mia speranza! E la tua mano
Degna d'un nume, della terra regga
Il felice destin. L'aspetto mio
Non turberà di questo dì la gioia.
Addio per sempre… Io vado
Lungi a spirar dagl'occhi tuoi d'amore,
Di rabbia, di tormento, e di dolore.

«Finalmente!», disse Ferdinando III di Lorena, voltandosi verso il giovane conte della Vipera. «Ecco il figliol prodigo!». Dopodiché guardò alle spalle del nuovo arrivato. «E il signor Federici?», soggiunse con una smorfia contrariata.

«Vi porge le sue più sentite scuse», rispose Bernardo, secondo quando stabilito con Vitale prima che quest'ultimo si allontanasse per gli ambulacri del teatro in compagnia di Theodor Grob. «E insieme a dette scuse», sottolineò, «la promessa che ben presto farà avere sue notizie».

«Come se importasse a qualcuno!», ironizzò il nobiluomo seduto alla sinistra del granduca. Si trattava del marchese Federigo Manfredini, maggiordomo maggiore e consigliere di Ferdinando III. O, come alcuni malignavano, il cardinale Richelieu della Toscana. «A dirla tutta», continuò, mentre si portava un piccolo cannocchiale all'occhio sinistro, «non credo che nessuno dei qui presenti nutra desiderio di rivedere quel cicisbeo!».

«Potete ben dirlo!», sospirò Luisa Amalia di Borbone, senza distogliere lo sguardo dallo spettacolo.

«In verità», sottolineò Bernardo, sforzandosi di ignorare gli insulti indirizzati al suo maestro, «egli è a un passo dal risolvere il mistero».

«Oh, la risoluzione di un mistero!», fremette una grassa dama seduta come una chioccia in seconda fila. «Questo sì, sarebbe un bel colpo di scena!».

«Parlo sul serio», rimarcò il ragazzo, fissando con ostinazione il granduca. «Vitale Federici troverà il colpevole degli omicidi e del furto».

«Quale furto?», domandò a quel punto il nobile Ferdinando. «Il marchese Pucci mi ha informato sulle disgraziate uccisioni, ma di nessun furto».

Bernardo rimase esterrefatto davanti a quel tono di voce così superficiale. Il granduca parlava di morte e di omicidi con la leggerezza di un bambino intento a giocare con dei soldatini di piombo. E, all'apparenza, senza rendersi minimamente conto del pericolo che correvano lui stesso e la sua corte ristretta trovandosi in quel teatro. «Perciò ignorate che la cassaforte di mastro Cecchi sia stata violata», ribatté.

Come la superficie di un placido lago che, di colpo, s'increspava sotto la sferza di un'improvvisa raffica di vento, Ferdinando tradì per la prima volta un sussulto. «Dite sul serio?»

«Sì, vostra grazia».

Le dita del nobiluomo strinsero i braccioli della poltrona. «E... il contenuto della cassaforte?»

«Prelevato da mano ignota».

Il granduca diresse una rapida occhiata a Manfredini, quasi a voler chiedere il suo parere. Poi tornò a scrutare Bernardo. «Fatemi capire, mio giovane signore», mormorò. «Il vostro precettore sarebbe in grado di porre rimedio a un simile misfatto?».

Bernardo annuì.

«Giusto cielo!», s'intromise il consigliere. «Non lasceremo certo una questione così delicata in mano a quell'impiccione!».

«E a chi altri proporreste di rivolgerci, mio buon Federigo?», lo rintuzzò Ferdinando III, ora palesemente preoccupato. «Conoscete qualcuno, in tutta la Toscana, sul quale potremmo riporre la nostra piena fiducia?». Manfredini accennò a rispondere, ma subito dopo si adombrò.

«Su un particolare il mio consigliere ha ragione», riprese a parlare il granduca, rivolgendosi a Bernardo. «La questione è delicata. *Molto* delicata. Auspico che voi e il vostro precettore ve ne rendiate conto».

«Ne siamo perfettamente consapevoli», confermò il ragazzo. «Ed è proprio in virtù di tale consapevolezza», sentenziò in un crescendo di enfasi, «che sono giunto fin qui a comunicarvi dove e quando il signor Vitale Federici scioglierà questo intricato enigma!».

27

La contessa Astolfa di Corvino si voltò di scatto per osservare l'uomo che aveva appena fatto ingresso nel suo palchetto.

«*Voi?*», disse indignata. «Come osate presentarvi da solo al mio cospetto?»

«Il disagio è reciproco», le assicurò Vitale Federici, facendosi strada tra le pesanti tende di velluto. «Ma a onor del vero, mia signora, sono qui per parlare con vostra figlia».

«Allora potete andarvene», rispose Astolfa. «Ludovica non c'è».

Il precettore osservò le poltrone vuote accanto alla nobildonna. «E dove sarebbe andata?»

«Alla toletta, non si sentiva bene».

«Eppure mi è sembrata in perfetta salute quando, poco fa, l'ho incontrata sul retro del palco».

«Il retro del palco?», rise nervosamente la donna. «Non proferite sciocchezze! Per quale ragione mia figlia si sarebbe dovuta recare in quel luogo?»

«Smettete di dissimulare!», la incalzò Vitale. «Prima che Ludovica lasciasse questo palchetto, non ha forse discusso con voi della necessità di mettermi al corrente su certi particolari riguardanti la provenienza degli automi?»

«In fede mia, non so di cosa stiate farneticando».

«Della storia dell'orologiaio», precisò lui.

«Quale orologiaio?»

«Mastro Ettore Francini», specificò Vitale. «L'orologiaio di via San Giglio che due giorni fa vi avrebbe accolte nella sua bottega. Bottega in cui Ludovica sosterrebbe d'aver notato degli automi identici a quelli comparsi nella camera oscura».

«Due giorni fa non ero con mia figlia», rivelò allora Astolfa con un'alzata di spalle. «L'ho raggiunta a Firenze soltanto stamane».

«Vorreste insinuare che, prima del vostro arrivo, Ludovica si trovava a Firenze per conto proprio?»

«Era ospite di certe amiche, gente strana con poco sale in zucca e molti grilli per la testa», spiegò vagamente la nobildonna. «Dopo che l'ho raggiunta in città, si è trasferita con me presso il palazzo della marchesa Marianna Albergotti, mia cugina per ramo paterno».

«Parlatemi delle strane amiche di vostra figlia».

«Cantanti, ballerine, gente di teatro», minimizzò la contessa. «Persone verso le quali, non so per quale assurdo motivo, Ludovica ha sempre provato attrazione».

«Mi meraviglia molto che le permettiate di frequentare delle comuni plebee».

«Conoscete Ludovica, ha un'indole impulsiva. A volte, per tenerla buona, è necessario concederle qualche capriccio. A maggior ragione se il capriccio in questione consiste semplicemente nel voler trascorrere un po' di tempo con delle giovani sognatrici».

«E sapete come si chiamano, queste giovani amiche?»

«Soltanto una, in realtà. La signorina Prada. Benché l'abbia incontrata più di una volta, temo di aver dimenticato il suo nome di battesimo. Si tratta di una ragazza graziosa e ben educata, forse un po' troppo vispa per i miei gusti, non so se m'intendete, però d'indubbio buon cuore. Non fosse stato per il suo interessamento, quest'oggi io e Ludovica avremmo trovato posto soltanto in platea anziché godere dello spettacolo su questo sontuoso palchetto».

«Un regalo non da poco! Per poter disporre della disponibilità delle assise, questa signorina Prada deve avere conoscenze molto in alto».

«Lo sospetto anch'io, sebbene, quando le ho chiesto a chi dover dimostrare gratitudine, ella ha voluto tacere il nome del nostro benefattore».

«Sembrate sincera», commentò Vitale con fredda ironia. «Proprio come quando mentiste a vostra figlia, raccontandole di essere stata sedotta da me».

Le labbra di Astolfa si assottigliarono per dar forma a un sorriso di serpente. «Che si sia trattato di verità o di menzogna, poco importa! Al nostro primo incontro, mi è bastato un attimo per capire quale genere d'uomo eravate. Un collezionista di donne! Un impenitente cascamorto! Non vi meritavate Ludovica».

«E così, a costo di macchiare la vostra reputazione, avete ben pensato di metterla contro di me. Mi compiaccio, mia signora».

«Non quanto sono compiaciuta io per avervi allontanato dalla vostra preda, signor Federici!».

«Ludovica non è mai stata una preda, per me», le confidò a quel punto Vitale, in uno slancio di risentimento. «La amavo davvero, e voi lo sapevate! Ciò che non sopportavate era la mia posizione di diseredato. Una posizione assai più fastidiosa della presunta condotta libertina di cui mi accusate. Una posizione che le persone prive di talenti annidate negli strati più inutili della nobiltà, persone come voi, considerano una sorta di dannazione eterna, senza rendersi conto di quanto miserabili e grottesche siano le loro vite».

Dopodiché ripiegò verso l'uscita.

«E adesso?!», sibilò la nobildonna, velenosa. «Dove ve ne andate?».

Vitale si congedò da lei con il più garbato degli inchini. «A cercare la verità che vostra figlia ha contribuito a nascondere».

28

Era ormai giunto alla fine dei giochi, si disse Vitale mentre percorreva a passo svelto la rete di corridoi sottesa tra le assise e il retroscena. Gli mancava solo un dettaglio da scoprire, prima che il disegno del colpevole gli fosse completamente chiaro. Un elemento di cui sarebbe potuto venire a conoscenza soltanto interrogando una persona. Ovvero Francesco Cecchi.

Certo di non sbagliarsi, salì le scale dirette al ballatoio collegato alla soffitta, e da lì giunse alla porta dell'ufficio del direttore.

A mo' di sinistro segno d'invito, il battente era socchiuso.

«Mastro Cecchi?», mormorò Federici, varcando la soglia.

Davanti a lui si presentò una stanza completamente messa a soqquadro, poltrone sventrate, carte gettate alla rinfusa e mobili rovesciati. In fondo all'ambiente, sul ripiano della scrivania, il direttore stava accasciato a faccia in giù, come morto.

Dopo essersi guardato intorno con circospezione, Vitale si avvicinò alla vittima appurando, con sollievo, che respirava ancora.

A giudicare dallo stato dei vestiti e dai lividi visibili sul volto e sul dorso delle mani, mastro Cecchi era stato percosso.

«Signore?», gli sussurrò all'orecchio, mentre lo scuoteva nel tentativo di risvegliarlo. «Signore, mi sentite?».

Il direttore, tuttavia, si limitò a emettere un mormorio impastato.

Nel tentativo di scoprire cosa fosse accaduto in quella stanza, il precettore si dedicò all'esame dello spazio retrostante la scrivania, notando altre carte gettate alla rinfusa e i cassetti aperti, a mostrare come bocche spalancate i loro segreti contenuti. E fu con grande sorpresa che notò, dentro uno di essi, una vecchia pistola a ruota.

Ignorando se si trattasse di un'arma autentica o un oggetto di scena, Vitale la prese e se la infilò sotto la marsina, per poi tornare a rovistare dentro quei piccoli scomparti, passando in rassegna una scatolina di tabacco rapè, un paio di calamai rinsecchiti, sigilli sporchi di ceralacca, un mazzo di carte da gioco, un plico di biglietti della lotteria e persino un orecchino di corallo rosso, fino a quando non si rese conto di aver soltanto perso tempo.

«Signor direttore?», chiamò allora, sperando per lo meno di far emergere mastro Cecchi dal suo stato di letargia. «Signor direttore, forza! Ho bisogno di sapere da voi alcune cose!».

Ma prima che Francesco Cecchi desse cenno di tornare al regno della veglia, un frastuono di passi concitati risuonò all'esterno dell'ufficio.

Maledicendo sé stesso per aver lasciato la porta spalancata, Vitale fuggì dalla scrivania e si nascose dietro la grossa mole della cassaforte. E accucciandosi vicino a quel mobile, giacché era ancora aperto, gli capitò per puro caso di notare due buste bianche all'interno del forziere.

Talmente sconcertante fu quella scoperta che Federici quasi non si accorse dei nobiluomini appena penetrati nella stanza.

«Per san Giovanni!», esclamò qualcuno.

«Un altro cadavere!», disse qualcun altro.

«Si tratta del direttore!», proferì una terza voce. E mentre un brusio di presenze sempre più numerose si riversava dentro l'ufficio, Vitale, d'un tratto, si trovò di fronte alla smorfia sprezzante del marchese Pucci.

«Dovevo immaginarlo!», sentenziò quest'ultimo. «Dovevo capire che l'assassino eravate voi!».

Senza nemmeno tentare di giustificarsi, Federici

afferrò le due buste dall'interno della cassaforte, si alzò di scatto e sfilò la pistola da sotto la marsina. «State indietro!», intimò al provveditore, minacciando si sparare.

Il nobiluomo lo trapassò con un'occhiata furibonda.

«Indietro!», rimarcò il precettore, costringendo Pucci e i suoi sodali a ripiegare verso la scrivania. Dopodiché, sempre tenendoli sotto tiro, raggiunse l'uscita e fuggì verso le scale.

«Seguitelo!», risuonò immediatamente lo strepito del provveditore. «Svelti! Acciuffate quel criminale!».

Vitale intanto stava già scendendo i gradini a rotta di collo, sforzandosi di ragionare in fretta su come far perdere le proprie tracce. Non poteva farsi prendere! Non proprio in quel momento, che era così incredibilmente vicino alla risoluzione del mistero!

L'esplodere improvviso di uno sparo lo strappò da quei pensieri, facendolo sentire come una volpe braccata dai cani. Altro che portare a termine l'indagine, si disse in un fremito di terrore. Luca Pucci e i suoi lo volevano morto!

Precipitatosi giù dalle scale senza guardarsi alle spalle, continuò a correre a perdifiato verso i corridoi del retroscena mentre le grida degli inseguitori si facevano sempre più rabbiose e concitate. Fino a quando un secondo proiettile non gli fischiò sopra la testa, mandando in pezzi una lampada appesa a una parete.

Ormai certo di non potersi sottrarre ancora a lungo a quella caccia all'uomo, Vitale s'imbatté all'improvviso in una densa nuvola di pizzi, sottane ricamate e corone di piume intente a riversarsi nel corridoio. E senza rendersi bene conto di cosa stesse accadendo, vi si tuffò in mezzo, nascondendosi in quell'angelico sciamare di ballerine intente a dirigersi in tutta fretta verso il palcoscenico.

«Cos'è stato quel rumore?», domandò una delle danzatrici, allungando il collo per guardarsi intorno. «Un botto? Un'esplosione?»

«Ma chi se ne importa!», le risposero le compagne, senza curarsi dell'intruso celatosi tra le loro sgargianti figure. «Siamo attese sulla ribalta! Il secondo ballo sta per iniziare!».

SECONDO BALLO

GLI SCHERZI AMOROSI

29

«Per Diana, dove si è cacciato?», ruggì il marchese Pucci, mentre camminava avanti e indietro nell'ufficio del direttore.

«L'abbiamo perso», gli rispose uno degli accademici, ancora trafelato. «Pare essersi dileguato nel nulla».

«Ma non l'avevate quasi preso?», insistette il provveditore.

«Deve aver approfittato del passaggio delle ballerine per mescolarsi a loro».

«Se così fosse, sarebbe sul palco!».

«Sul palco non c'è», disse un altro membro degli Immobili. «Ho controllato».

«E nel sottopalco?», volle sincerarsi Pucci.

«Nemmeno lì», rispose un quarto nobiluomo, entrando nella stanza con la parrucca storta per il gran correre.

«Quel diavolo!», andò su tutte le furie il provveditore, battendo i pugni sulla scrivania con una tale violenza da far risvegliare di colpo il povero Francesco Cecchi.

«Oddio!», strillò quest'ultimo. «Cosa accade?»

«Perché non me lo dite voi?», lo incalzò Pucci, per poi mostrargli con un gesto esasperato la stanza messa a soqquadro. «È opera di Federici?».

Il direttore si guardò intorno stralunato e scosse il capo.

«Significa», insistette il provveditore, «che non è stato quel fetente a ridurvi in tale miserevole stato?»

«Nossignore», rimarcò Cecchi.

«Eppure c'era lui, in questa stanza, quando siamo entrati».

«E prima di fuggire», rammentò uno degli Immobili, «ha preso qualcosa dalla cassaforte».

«L'ho visto bene, mi stava di fronte», confermò Pucci. «Si trattava di due buste da lettera».

Per un attimo il direttore parve sul punto di perdere di nuovo i sensi. «Due buste da lettera?», ripeté tremante.

Il provveditore annuì. «Ne sapete qualcosa?»

«No davvero!», si schermì mastro Cecchi.

«Ne siete sicuro?», s'insospettì il marchese. «Dopotutto, si trovavano all'interno della vostra cassaforte».

«E il secondo ballo?», domandò il direttore, nel palese tentativo di cambiare discorso. «Il secondo ballo è iniziato?»

«Al diavolo il ballo!», lo sferzò Pucci. «Voi nascondete qualcosa!».

«Lo pensiamo anche noi!», proferì una voce femminile.

I presenti si voltarono di scatto verso l'ingresso, imbattendosi nelle figure ancora in costume di Teresa Bertinotti e di Giovanni Ansani.

«Il signor direttore si comporta in modo strano dall'inizio dello spettacolo», sottolineò quest'ultimo, la voce bassa e provata dopo l'impegnativa esibizione.

«Da quando c'è stata l'interruzione per via di quegli orrendi automi», precisò il soprano.

«Siete tutti impazziti?», esclamò in sua difesa mastro Cecchi. «Cosa significano queste calunniose insinuazioni?», e si portò una mano alla fronte. «Oddio, mi gira la testa!».

«Non ne dubito affatto», sbuffò Pucci. «A giudicare dai vostri lividi, vi hanno suonato come una campana». E gli si avvicinò fino a quando il suo volto non fu a una spanna da quello dell'interrogato. «Tuttavia, anche se state male», soggiunse minaccioso, «vi esorto a raccontarmi tutta la verità!».

«Sì, vogliamo la verità!», esclamò Teresa Bertinotti, per poi fissare inorridita la cassaforte vuota. «Per Sacripante! Lì dentro non dovrebbero esserci i nostri compensi?»

«Ecco! Ci mancava solo questa!», s'inalberò Ansani. «Dove sono i fiorini?»

«Io… io…», balbettò il direttore, sempre più pallido e sudato. «Io non lo so…».

«Non ci credo!», sentenziò madonna Teresa. «Per me li ha rubati lui! Li ha nascosti e poi ha messo in piedi questa patetica messinscena!».

«Magari in combutta con Federici!», propose Ansani.

«Che sia andata proprio così?», tornò alla carica Pucci, afferrando il direttore per il bavero. «È tutta opera vostra?»

«No… no…», gemette Cecchi, con gli occhi sbarrati lucidi di lacrime. «Ve la state prendendo con la persona sbagliata, ve l'assicuro! Io non c'entro nulla! Non so nulla!».

«Ma se non voi», non gli diede requie il marchese, «chi potrebbe aiutarci a capire come sono andate le cose?»

«Vitale Federici!», esclamò un accademico appena entrato nella stanza.

Il provveditore lo fulminò con lo sguardo. «Ebbene? Cosa c'entrerebbe adesso Vitale Federici?»

«L'hanno appena visto imboccare un corridoio diretto alla rimessa delle carrozze», rivelò l'uomo.

«E così vuole scappare dal teatro, il fetente!», ruggì Luca Pucci con una risata maligna. «Ma giuro sull'onore degli Immobili, non glielo permetterò!».

30

La rimessa dei carri aveva l'aspetto di un ampio deposito ombroso pregno di umidità e dell'odore di sterco di cavallo. Immoti, alla stregua di grandi feretri legati a dei sonnecchianti giumenti, una gran quantità di calessi, berline, padovanelle e carrozze di ogni foggia e dimensione affiorava dalla semioscurità con le sue geometriche figure, disegnando un labirinto attraverso il quale Vitale, munito di una lanterna staccata da una parete, si aggirava esausto e al contempo ansioso d'imbattersi in ciò che auspicava si celasse in quel luogo.

Fino a quando, affiorando dal nulla, lo strepito di una voce femminile non guidò i suoi passi verso un angolo dell'ambiente.

E là li trovò. Tutti e tre, intenti a fronteggiarsi.

«I miei omaggi, amici miei», li salutò Federici, estraendo la pistola a ruota.

«Vitale!», esclamò Ludovica di Corvino, trasfigurata dall'angoscia e dalla sorpresa. «Voi qui?»

«Andatevene subito, impiccione!», lo apostrofò la giovane donna al fianco della contessina.

Il precettore non esitò a riconoscere in lei la bella Filomena. «Mi rincresce ma non posso accontentarvi», le rispose con un'alzata di spalle. Quindi spostò lo sguardo sulla terza presenza.

Un uomo ammantato di nero.

«Come potete constatare, signore», lo avvertì Federici, «qui non ci sono specchi di cui possiate servirvi per ingannare i miei sensi, come avete fatto nel sottopalco». E puntò l'arma contro di lui. «Inoltre, stavolta tocca a me tenervi sotto scacco».

«V'ingannate, signor Federici», disse una nuova presenza. «Sono io ad avere il controllo della partita».

Luca Pucci, una magnifica pistola da duello stretta in pugno e il braccio teso nell'impeccabile posa di tiratore, emerse lentamente da dietro una carrozza. Alle sue spalle, una schiera di individui in abiti eleganti tra i quali spiccavano Francesco Cecchi, Giovanni Ansani e Teresa Bertinotti.

«Eccellente!», commentò Vitale, sornione. «A quanto posso vedere, ci siete quasi tutti».

«Fossi in voi mi toglierei quel sorriso tronfio dalla faccia», replicò il provveditore. «Siete in trappola».

«Una trappola è, per sua stessa definizione, una gabbia dalla quale è possibile evadere nel caso in cui se ne conosca l'intimo funzionamento», replicò il precettore. «E dal momento che non solo conosco tale funzionamento, ma addirittura ho contribuito a crearlo, posso asserire di rientrare tra i pochi, in questo luogo, a non correre più alcun pericolo».

«Voi dite?», lo sfidò Pucci. «E in virtù di quale magia godreste di una simile immunità?»

«Nessuna magia, ma grazie alla verità di cui sono custode».

«Perciò», intervenne mastro Cecchi, «sareste riuscito a risolvere il mistero?»

«Pressoché nella sua interezza».

«Orsù, signor direttore!», sbuffò Pucci. «Non date occasione a questo furfante di tessere menzogne che gli permettano di scaricare la colpa su qualcun altro!».

«Se si tratta di menzogne», replicò Vitale, «lo giudicherete da voi».

«Molto bene, signor Federici!», tagliò corto il provveditore. «Avrete modo di chiarire la vostra posizione una volta che vi troverete nel carcere delle Stinche».

«No!», tuonò una voce proveniente dal fondo della rimessa.

Con gran trepidazione degli astanti, Ferdinando III di Toscana emerse con passo imperioso. Alla sua destra e alla sua sinistra, quasi a fargli da ali, c'erano Federigo Manfredini e Bernardo della Vipera.

«Lasciate che il precettore esponga la sua tesi»,

soggiunse il granduca, facendo cenno a Pucci di abbassare la pistola.

«Naturalmente, vostra grazia», obbedì quest'ultimo con tono ossequioso.

«Prego, signor Federici, iniziate», disse dunque Ferdinando. «E non deludeteci».

«Vi sono grato, vostra grazia», rispose Vitale, per poi voltarsi verso Ludovica e Filomena. «Partirò dal mio primo sospetto. L'intesa esistente fra voi due, giovani dame. Un'intesa di cui ho iniziato a sospettare non appena mi sono imbattuto in Filomena».

«Un sospetto non è certo un prova», lo provocò la contessina di Corvino.

Il precettore sollevò la lanterna e le si avvicinò per studiare prima il viso di Ludovica e poi quello della ballerina. «Proprio come pensavo», dichiarò. «Lo stesso, particolarissimo punto di rosso carminio».

«A cosa si riferisce?», intervenne Manfredini.

«Al rossetto», spiegò Bernardo.

«Lo indossano entrambe», riprese la parola Vitale. «Ma non solo», e guardando tra i presenti, cercò il volto di Teresa Bertinotti. «Una terza dama porta sulle labbra il medesimo colore».

«Non capisco!», protestò la cantante. «Cosa c'entrerei con questa arlecchinata?»

«Non abbiatevene a male, mia signora», la pregò sarcasticamente Federici. «Del resto, siamo a Carnevale!». Dopodiché la invitò a farsi avanti, affinché tutti potessero notare le identiche tinte di rosso sulle labbra delle tre donne. «Un rossetto proveniente da Parigi, se non m'inganno», specificò poi Vitale. «Rammento bene, mio caro Bernardo?».

Il discepolo annuì. «Così ha detto madonna Filomena, quando ha condotto me e il direttore nel camerino di Teresa Bertinotti. Soltanto che, al momento, non mi ero accorto che lo portava già».

«Io invece», ribatté Vitale, «pur non conoscendone ancora la rarità, l'avevo notato sulle labbra di Ludovica e di Teresa. Poi, mentre vagavo insieme al conte della Vipera nel retro del palco, mi sono imbattuto in Filomena e in mastro Chiari. E ho subito riconosciuto quel particolare punto di rosso sia sulle labbra della ballerina che sulla cravatta dello scenografo».

«E allora?», sbottò Ludovica, serrando i pugni sui fianchi. «Vorreste mandarci tutte e tre alle Stinche solo perché portiamo lo stesso rossetto?»

«Solo due di voi, in realtà», rispose senza scomporsi Federici. Quindi abbassò la lanterna e, con un gesto galante, prese per mano Filomena. «Il vostro cognome è Prada, ho indovinato?»

«Sì», rispose la ballerina. «Come fate a saperlo?»

«A onor del vero, scoprirlo è stato semplice. È riportato, insieme a quelli di tutti gli altri attori, danzatori e cantanti nel libretto dell'opera. Filomena Prada! Siete voi, pertanto, l'amica in compagnia della quale Ludovica ha trascorso gli ultimi giorni a Firenze, prima dell'arrivo di sua madre Astolfa».

«Io e la contessina di Corvino siamo amiche», confermò Filomena. «E con questo?»

«L'avete portata voi dall'orologiaio in via San Giglio?»

«Non capisco dove vogliate arrivare!».

«Oh, ci arriveremo!», le promise Vitale. «Per il momento, tentiamo con una domanda più semplice. Corrisponde al vero che vi sareste adoperata in prima persona per procurare a Ludovica e a sua madre un posto sul palchetto del secondo piano?».

Filomena si adombrò.

«La signorina è pregata di rispondere», si fece udire il marchese Manfredini.

«Sì, è vero», fu costretta ad ammettere la ballerina.

«E come ci sareste riuscita?», la incalzò il precettore. «Voi siete una comune danzatrice. All'interno della compagnia della Pergola, occupate una posizione di così infimo rilievo da esservi permessa di disertare il secondo ballo senza che nessuno si curasse della vostra assenza. Come avreste fatto, pertanto, a procurarvi una posizione di riguardo sulle ambite assise, dove, a meno che non si disponga di una scarsella gonfia di denaro sonante, hanno il privilegio di sedere soltanto le grandi famiglie nobiliari di Firenze?».

Filomena si limitò a fissarlo con due occhi carichi d'astio.

«Ho notato che indossate un solo orecchino», osservò Vitale, indicando il ciondolo di corallo rosso appeso all'orecchio sinistro della ragazza. «Si tratta di una necessità imposta dal vostro costume di scena, o avete semplicemente smarrito il suo gemello?»

«Devo averlo perso durante il primo ballo», rispose lei.

«Sul palco?», fece lui, scettico. «Ne siete sicura?»

«Credo di sì».

«E come sarà mai finito, allora, in un cassetto della scrivania del direttore?»

«Posso spiegare!», intervenne Francesco Cecchi, imbarazzatissimo.

«Signor direttore, vecchio birbante!», lo canzonò Vitale, pur serbando la più severa delle espressioni. «Dunque, concedervi ogni tanto qualche sorso di rosolio siciliano non è il vostro unico peccatuccio! Ecco, infatti, emergere l'ipotesi di una tresca tra di voi e una giovane componente del corpo di ballo!».

«Non è come pensate!», tentò di difendersi Cecchi.

«Ah no?», replicò il precettore. «Ma allora chi, se non voi, avrebbe procurato all'avvenente Filomena i posti del palchetto da destinarsi a Ludovica e a sua madre?»

«Glieli ho procurati io, è vero!», confessò il direttore. «Però non sapevo a quali persone fossero destinati».

«Se le cose stanno in questo modo», sogghignò Federici, «spero che Filomena abbia ricambiato il favore».

«Vitale, siete senza ritegno!», lo rimproverò Ludovica. «Come osate offendere una mia amica in modo così bieco?».

Il precettore abbozzò un cenno di scuse. «Un po' troppo vispa, l'ha definita vostra madre». E aprì le braccia come se si rivolgesse a un pubblico di spettatori. «D'altro canto, ho il sentore che la contessa Astolfa ignori che la cara Filomena sia pure una ladra e un'assassina».

«Ora però i conti non mi tornano!», intervenne Bernardo, tutto assorto ad ascoltare. «Non avevate dichiarato che l'assassino è un uomo?»

«Mai detto nulla del genere», ribatté Vitale. «Ho affermato semplicemente che l'individuo dal quale sono stato aggredito nel sottopalco è destrimano e molto alto. Ma dubito si trattasse del responsabile dell'omicidio di Giuseppe Borgini e di Cesare Biscossi». Quindi puntò lo sguardo verso l'uomo ammantato di nero rimasto in disparte. «Non è vero, lord Hervey?».

Il figuro uscì dalla penombra, mostrando i suoi lineamenti squadrati di marinaio britannico. «Io ho solo una pretesa!», sentenziò con voce strascicata. «Consegnatemi de la Flotte!».

«Chi?», domandò Luca Pucci, dall'espressione sempre più confusa.

«Alexis de la Flotte», spiegò mastro Cecchi. «Ha ripetuto quel nome allo sfinimento, mentre metteva sottosopra il mio ufficio. Poi, quando gli ho detto per la centesima volta di non averlo mai udito prima d'allora, mi ha tramortito con un mazzafrusto di peltro».

«Ma chi sarebbe questo de la Flotte?», insistette Pucci.

«L'ambasciatore della Repubblica francese alloggiato prima a Livorno e poi esule a Firenze», rivelò il marchese Manfredini con un sospiro gramo. «Una persona allontanata dalle terre del granducato su richiesta della corona inglese, perché considerata pericolosa e nemica delle forze anglo-spagnole».

«Evidentemente», suppose Vitale, «lord Hervey nutre qualche dubbio sul fatto che questo sfuggente de la Flotte sia stato davvero bandito».

«Se non lui», intervenne l'inglese, «quale altro temerario avrebbe avuto l'ardire di provocarmi mettendo in scena una decapitazione alla francese?»

«Di quale decapitazione sta parlando?», fece il provveditore.

«Di quella degli automi azionati nella camera oscura», rispose Federici. «Lord Hervey deve aver creduto che quella messinscena avesse un significato politico o sovversivo, e, agendo da bravo militare, si è allontanato dalle assise per dare la caccia al responsabile».

«De la Flotte!», insistette il lord. «È lui il responsabile!», e si voltò verso il granduca. «Si trova qui, lo so per certo! Dove lo nascondete?»

«Per carità, lord Hervey, datevi pace!», tentò di placarlo Manfredini. «Vi possiamo giurare sul nostro onore che da molto tempo i piedi di monsieur Alexis de la Flotte non calcano più il suolo toscano!».

«E le lettere indirizzate al granduca, allora?», gli rinfacciò l'inglese. «Chi sarebbe l'autore delle lettere prelevate dalla cassaforte?»

«Per san Giorgio, che disastro!», esclamò mastro Cecchi, coprendosi la faccia.

«Signor direttore», lo apostrofò Vitale, «siete stato voi a parlare a lord Hervey delle lettere?»

«Per forza!», fece Cecchi. «Quell'energumeno mi ha chiesto cos'era custodito nella cassaforte... e io, per sottrarmi alle sue continue percosse, gli ho raccontato delle lettere rubate. Non una parola, tuttavia, ho proferito su questo de la Flotte! È stato lui a saltare a delle conclusioni sbagliate».

«Ma insomma!», esclamò Pucci. «Se solo si potessero trovare queste benedette lettere, si potrebbe chiarire l'equivoco!».

«Eh, no!», tuonò Manfredini. «Quelle lettere non le può leggere nessuno!».

«Lo dite voi, signor consigliere!», replicò aspramente lord Hervey, mentre si gettava su Ludovica di Corvino. «*Witch*, datemi quei documenti! Vi sto dando la caccia dal primo atto! So che li avete presi voi!».

«Non osate toccarla!», gli ordinò Vitale, puntandogli contro la pistola. «La contessina non è più in possesso di quelle lettere!».

L'inglese lo scrutò in cagnesco. «E chi le avrebbe, allora?»

«Abbiate pazienza», lo esortò il precettore. «Lo saprete non appena avrò finito di ricostruire gli eventi di quest'oggi, così come ho potuto figurarli nella mia mente».

31

«Una domanda, signor direttore», disse Vitale.

«Prego», fece mastro Cecchi.

«Dove eravate al momento in cui la contessina di Corvino ha lanciato il grido dalle assise?»

«Nel mio ufficio», spiegò il direttore. «Avevo appena messo in cassaforte il ricavato prelevato dalla biglietteria per la messa in scena dello spettacolo odierno».

«Dunque la cassaforte era già stata chiusa?»

«Sì».

«E la chiave rimessa nel suo nascondiglio?».

Il direttore annuì. «Avevo già provveduto a riporla nel camerino di Teresa Bertinotti».

«Senza che lei vi vedesse, suppongo».

«Ovviamente. Avevo atteso che la cantante, già truccata e vestita per la scena, raggiungesse il palco insieme agli altri attori».

«Dopodiché, se ho ben inteso, siete tornato in

ufficio, restando lì, tutto solo, fino al momento del grido».

«È corretto. A meno che le circostanze non m'impongano di presentarmi al pubblico, durante lo svolgimento degli spettacoli ho preso l'abitudine di restare in quella stanza per sorvegliare l'incasso».

«Spiegatemi, ora», proseguì Vitale. «Come avete fatto a udire lo strepito di Ludovica? Benché sia stato un grido assai intenso, dubito abbia potuto propagarsi fino al vostro ufficio».

«Infatti non l'ho udito», confermò il direttore. «Sono stato avvisato».

«Da chi?».

Mastro Cecchi indicò Filomena.

«Ah!», fece Vitale, ottenendo conferma della sua intuizione.

«Filomena ha bussato alla porta», specificò il direttore, «dopodiché mi ha avvertito del grido e dello scompiglio in procinto di crearsi tra le assise del secondo piano».

«Perciò voi vi siete precipitato fuori dall'ufficio per controllare cosa fosse accaduto».

«Ovviamente».

«E Filomena?», volle sapere Federici. «Se ben rammento, non eravate in sua compagnia quando ci siamo incontrati davanti al palchetto della contessina di Corvino».

«No, non lo ero», disse mastro Cecchi. «Filomena è rimasta indietro».

«Indietro», ripeté il precettore. «Dove, con precisione?»

«Non saprei», lo deluse il direttore. «Avevo altro a cui pensare».

Vitale si voltò a osservare la ballerina. «In quel momento eravate a metà della vostra macchinazione, ho ben inteso?».

La giovane distolse lo sguardo.

«Confessate!», la spronò Federici. «Prima avete preso la chiave dal nascondiglio del camerino, poi azionato gli automi e infine ucciso il macchinista. Dopodiché vi siete recata dal direttore per allontanarlo dall'ufficio, allo scopo di svuotare la cassaforte».

«Non siete in grado di dimostrarlo», si limitò a ribattere Filomena, per poi allargare lo sguardo su tutti i presenti. «Nessuno di voi lo è!».

«La vedremo», replicò Vitale, incrociando le braccia sul petto. «Avete arraffato tutto, fino all'ultima moneta», e sorrise. «Dubito, tuttavia, foste preparata a trasportare il peso di diciottomila fiorini d'argento! Dite la verità, avevate pianificato di versare il maltolto in un sacco o in una grossa borsa. È così? Del resto, non ci sarebbero stati altri modi per portar via in fretta la refurtiva. Ma povere le vostre esili braccia di fanciulla! Non immagino

la vostra fatica, a trascinarvi dietro quell'oneroso fardello!».

La ballerina non batté ciglio.

«Fatemi vedere le mani», le ordinò allora il precettore.

Lei esitò.

«Non costringetemi a usare la forza», soggiunse Vitale. «Detesto far del male alle donne, tuttavia non posso certo parlare per tutti i presenti. Volete subire l'umiliazione di essere obbligata?».

A quel punto, non senza esitazione, Filomena mostrò i palmi delle mani.

Erano entrambi arrossati e coperti di vesciche. Federici la scrutò quasi con tenerezza. «Un sacco pieno di monete non pesa propriamente quanto un cuscino di piume, ho ragione mia cara?».

Lei si strinse nelle spalle. «Non ci avevo pensato».

Vitale annuì compiaciuto. Filomena aveva confessato! L'enigma, però, era ancora ben lungi dal potersi definire risolto. «Non ci avete pensato, affermate!», rimuginò. «Reputo, invece, che il vostro piano fosse troppo accurato per non prevedere quel genere di difficoltà. Ergo, qualcosa dev'essere cambiato in corso d'opera, ho indovinato? Ma tutto a suo tempo!», e la invitò ad abbassare le mani. «Dato che vi siete finalmente decisa ad ammettere le vostre colpe, vi pregherei di rispondere a un'altra domanda. Se, come mi pare d'aver inteso, eravate interessata al denaro, perché prelevare anche le lettere custodite nella cassaforte?»

«Credevo si trattasse di lettere di cambio», rispose candidamente la ballerina.

«Beata ignoranza!», sibilò Manfredini.

«Non capisco!», s'intromise Bernardo, all'oscuro dei ragionamenti che muovevano le deduzioni del suo maestro. «Come mai potrebbe una ballerina, persino incapace di distinguere delle missive private da delle lettere di cambio, concepire e realizzare un ambiente basato su perfetti principi di illusione ottica come la camera oscura?»

«Non correte, mio caro discepolo! Un attimo di pazienza e ci arriveremo», gli promise Federici, per poi far scorrere lo sguardo tra i volti della piccola folla. «Soldato Grob, eccovi finalmente!», esclamò. «Fatevi avanti».

Accompagnato da un coro di mormorii incuriositi, il soldato austriaco si fece largo tra i presenti e avanzò fino a quando non fu al cospetto del precettore. Insieme a lui, c'era un vecchietto in abiti da artigiano.

«Chi è la persona che è con voi?», gli domandò Vitale.

«L'uomo che mi avete chiesto di cercare», rispose Grob. «Mastro Ettore Francini». Federici si rivolse quindi all'anziano. «Potreste rivelare quale mestiere fate, signore?»

«L'orologiaio», rispose Francini.

«Dove si trova la vostra bottega?»

«Qui a Firenze, in via San Giglio».

«Proprio dove, secondo vostre istruzioni, l'ho trovato», specificò Grob, in direzione di Vitale.

Quest'ultimo si limitò ad annuire. Poi indicò all'orologiaio Ludovica e Filomena. «Riconoscete queste due signorine?».

Francini annuì.

«Sareste così gentile da raccontarci in quali circostanze le avreste conosciute?», lo incalzò il precettore.

«È accaduto due giorni fa», disse l'artigiano. «Sono entrate nella mia bottega in compagnia di un uomo, mostrandosi da subito interessate a due automi di forma umana esposti in un cantuccio. Si trattava di ordigni particolarissimi, un cavaliere che decapita con la spada una fanciulla. Un autentico capolavoro dell'arte meccanica! I tre visitatori me ne hanno chiesto minuziosamente il funzionamento, al punto da darmi il sentore che li volessero acquistare».

«E com'è finita?»

«È finita che invece hanno preso congedo senza comprare nulla».

«Ma allora», continuò Federici, «come sarebbero arrivati quei due automi sul retroscena del teatro della Pergola?»

«Non ne ho idea», rispose l'orologiaio. «Posso solo dirvi che, la notte successiva alla visita di quei tre seccatori, gli automi sono scomparsi dalla mia bottega».

«Siate più chiaro. Credete vi siano stati rubati?»

«A meno che i due automi non se ne siano andati a spasso per conto loro...», ironizzò con asprezza Francini.

Vitale si voltò verso Ludovica. «Come sospettavo, mi avete raccontato una mezza verità», disse. «Del resto, mi conoscete abbastanza da sapere che, se mi aveste raccontato una menzogna inventata di sana pianta, me ne sarei accorto immediatamente. Meglio fornirmi qualcosa di solido su cui indagare, al fine di allontanarmi dal teatro».

«Allontanarvi dal teatro?», ripeté la contessina. «Perché mai avrei dovuto volere una cosa del genere?»

«Rammentate quanto mi diceste riguardo mastro Francini?», le rinfrescò la memoria il precettore. «*Forse sarebbe il caso che lo andaste a cercare, anziché girare a vuoto in questo teatro*».

«E allora?», replicò Ludovica, stizzita.

«Allora», rispose a tono il precettore, «stavate cercando di allontanarmi dalla Pergola per far guadagnate tempo alla vostra amica Filomena», e la guardò in tralice. «O forse dovrei dire *complice*».

«Come osate accusarmi?», sbottò la contessina.

«Quando mi siete venuta incontro sul retro del palcoscenico, non è stato per avvisarmi della vostra intuizione. In realtà mi stavate spiando, controllavate le mie mosse per sincerarvi che non sospettassi di Filomena. Poi dovete aver udito i discorsi di Bernardo sulle possibili implicazioni di un complotto politico, e qualcosa dev'essere scattato dentro di voi, spronandovi a intervenire per guadagnare tempo».

«Guadagnare tempo?», fece Ludovica. «E perché mai?»

«Perché un conto è commettere un banale furto. Un altro è appropriarsi indebitamente di alcune lettere indirizzate al granduca di Toscana in persona. Crimine, quest'ultimo, che vi avrebbe messo alle calcagna i più spietati segugi del granducato».

«Sragionate!», insistette Ludovica. «Ero solo venuta ad avvertirvi!».

«Invece», rimarcò Vitale, «avevate l'intenzione di servirvi di un pretesto per indurmi a indagare fuori dal teatro, così da tenermi impegnato il tempo sufficiente per compiere una verifica».

«Quale verifica?»

«I discorsi inerenti alle ipotesi di complotto tra me e Bernardo che suppongo abbiate ascoltato devono avervi instillato un dubbio. Ossia, che Filomena, aprendo la cassaforte, non si fosse appropriata soltanto del denaro, ma anche di qualcosa di assai più pericoloso. Così, dopo aver tentato di volgere altrove le mie ricerche, vi siete messa in cerca della vostra amica per controllare la refurtiva e, trovate le lettere, siete corsa a riporle nella cassaforte».

«Non è stata impresa facile», si arrese Ludovica con un gramo sospiro. «Non eravate l'unico, nelle vie segrete del retroscena, a dar la caccia al colpevole».

«Vero», ammise Vitale. «C'era anche lord Hervey. Io stesso ne ho fatto le spese, imbattendomi nella sua cupa figura. Per non parlare di mastro Cecchi».

«Filomena era sola e spaventata... soprattutto dopo la morte di mastro Borgini».

«Il macchinista», sottolineò Federici.

La contessina annuì. «Quando l'ho trovata era spossata, stravolta...».

«Lo credo bene», replicò il precettore, «dal momento che si è macchiata di ben due omicidi».

«Descrivete l'accaduto come se avessi agito a sangue freddo!», esclamò Filomena.

«Il primo che avete ucciso è stato Giuseppe Borgini, il macchinista», sentenziò Vitale. «Ossia, il vostro complice».

«Borgini era suo complice?», sobbalzò mastro Cecchi in un lampo d'incredulità.

«Soldato Grob!», chiamò Vitale. «Avete mostrato il corpo del macchinista all'orologiaio?»

«Sì, come d'accordo», rispose l'austriaco.

«E?», lo incalzò il precettore.

«L'ha riconosciuto», confermò Grob.

«Era l'accompagnatore delle due signorine entrate nella mia bottega», specificò Francini.

«Nonché la mente geniale che deve aver concepito la parte illusionistica del colpo. Oltreché, è palese, la persona originariamente incaricata di trasportare il pesante contenuto della cassaforte», spiegò il precettore, strappando delle esclamazioni di stupore tra gli astanti. «Ho peccato di superbia nel non sospettare subito del macchinista», ammise. «A rigor di logica, mi era parso troppo banale che proprio la persona addetta al movimento delle macchine e dei teloni scenografici della Pergola fosse implicata nella catena dei delitti. Troppo scontato, mi son detto, e alquanto ingenuo da parte sua! Ma il fatto che il povero Borgini fosse stato ucciso mi ha spronato a riflettere su un suo eventuale coinvolgimento. E ora, la testimonianza di mastro Francini conferma i miei sospetti».

«Ma se avete ragione...», intervenne Bernardo. «Perché Filomena avrebbe ucciso un suo complice?»

«Chiedetelo a lei», si strinse nelle spalle il precettore.

«Perché Giuseppe aveva iniziato a maturare delle remore», non si fece pregare la ballerina. «Cominciava a provar rimorso per aver derubato l'orologiaio e, soprattutto, dispiacere all'idea di rapinare il direttore, del quale era amico. E così, dopo aver azionato gli automi dietro il palco, mi ha confidato di voler lasciar perdere», sospirò. «Quando ha finito per rivelarmi che intendeva confessare tutto a Cecchi, non mi ha lasciato scelta».

«La scelta ce l'avevate, invece!», la rimproverò Vitale. «Ma avete preferito il denaro alla vita del vostro compare. E dopo averlo ferito al costato, l'avete abbandonato agonizzante nel sottopalco per correre nell'ufficio del direttore».

«Il piano era allontanare mastro Cecchi dalla cassaforte per svaligiarla», confessò Filomena. «Il grido di Ludovica, il pretesto perfetto per tenerlo impegnato altrove».

«Mentre egli indagava insieme a me sul palcoscenico, davanti agli automi», completò Vitale, «voi avete avuto tutto il tempo per svuotare il forziere».

La ballerina annuì.

«E la chiave?», la incalzò. «Come facevate a sapere dove mastro Cecchi usava nascondere la chiave della cassaforte?»

«Sono sua amante da diverse settimane», minimizzò Filomena. «È stato oltremodo semplice osservarlo e spiare i suoi segreti».

«Quindi», concluse Vitale, «una volta svuotata la cassaforte andaste a riporre la chiave al suo posto, nella speranza di fugare ogni sospetto da voi».

La giovane annuì.

«È stato allora che vi siete imbattuta in Cesare Biscossi, il baritono».

Filomena soffocò un'ingiuria tra i denti. «Non potevo certo immaginare che quell'imbecille entrasse in quella stanza per cercare Teresa Bertinotti!».

«E pensare che non avevo nemmeno fatto ritorno al camerino!», s'inserì la cantante. «Ero semplicemente andata dal costumista per farmi rammendare uno strappo del mio abito di scena».

«Biscossi vi ha vista con la refurtiva nel sacco, non è vero?», disse Vitale alla ballerina. «Ho il sospetto che sia entrato nella stanza nel preciso istante in cui stavate riponendo la chiave dietro lo specchio».

«Dio mi perdoni, sono stata costretta a ucciderlo», confessò la ballerina. «Non appena ha visto la borsa piena di fiorini, ha tentato di strapparmela di mano...».

«E così facendo», aggiunse Vitale, «vi è caduta una moneta sul pavimento».

«Non me ne sono accorta», ammise Filomena, sprofondando in un lugubre silenzio.

«Veniamo ora a voi», disse Federici, voltandosi verso la contessina di Corvino. «Il vostro grido è stato l'evento scatenante. La scintilla nella polveriera. Senza di voi, nulla sarebbe potuto succedere».

«Ho solo emesso uno strepito», proferì in sua difesa la nobildonna.

«In conseguenza del quale sono morte due persone», le fece notare il precettore.

Ludovica distolse lo sguardo.

«Siete stata lo strumento di Filomena Prada», concluse Vitale. «La complice perfetta, collocata nel palchetto ideale per assistere alla scena orchestrata dal povero Giuseppe Borgini. Ma non solo!», esclamò. «Avete interferito nelle mie indagini e ricollocato le lettere nella cassaforte per sgravare le spalle di Filomena da un'ulteriore colpa!».

«Dunque è nella cassaforte che si trovano le lettere di Alexis de la Flotte!», fremette lord Hervey.

«Non più», lo placò Vitale. «E vi assicuro che non riguardano certo il vostro odiato de la Flotte». Quindi estrasse da sotto la marsina le due buste e, avvicinandosi con discrezione al granduca, gliele porse. «I segreti tra vostra grazia illustrissima e la sua nobile amante sono al sicuro», gli sussurrò all'orecchio.

«E la refurtiva?», intervenne Pucci. «Dove si trova la refurtiva?»

«Non a caso ho fatto in modo che mi seguiste in questo luogo», rivelò Vitale, alludendo alla rimessa delle carrozze. «Il luogo in cui, grazie al mio fido Bernardo, ho attirato anche il nobile Ferdinando e il suo consigliere. Il luogo in cui ero certo di trovare i colpevoli del furto e degli omicidi!».

«Ma perché proprio qui?», volle sapere mastro Cecchi.

«Quando ho incontrato Filomena nei corridoi del retro del palco», spiegò Federici, «la ballerina era in compagnia di mastro Chiari. Inizialmente, avevo creduto che costui mi avesse mentito, dicendomi di essersi smarrito in quel labirinto fino a quando non si era imbattuto nella ballerina. Poi, però, ho pensato al discorso del cesto del bucato. Il pesante fardello che lo scenografo avrebbe aiutato Filomena a trasportare fin qui, per depositarlo nel cesto dei panni sporchi destinato a raggiungere le lavandaie del Lungarno».

«E cosa c'entrerebbe un cesto di bucato con i diciottomila fiorini?», sbuffò Pucci.

«Non fu il cesto di bucato a interessarmi, bensì il fatto che una giovane donna in salute, da sola, non fosse in grado di trasportarlo».

«Per la santa messa!», esclamò Bernardo. «Filomena aveva nascosto la borsa di fiorini in mezzo ai costumi di scena da lavare!».

«Cercate quei panni sporchi», disse Vitale agli accademici radunati intorno al marchese Pucci. «Li troverete in questo stanzone, dentro un carro. Sono certo che, se frugherete per bene, troverete la refurtiva».

«Be', signor Federici!», sibilò velenosa Ludovica di Corvino. «Avete fatto miracoli, seguendo delle semplici tracce di rossetto!».

«Colpa della vostra vanità femminile», le confidò con sincero dispiacere il precettore. «Se solo, un attimo prima dell'inizio dello spettacolo, non vi foste recata insieme a Filomena per rubarlo a madonna Bertinotti, forse non avrei sospettato di voi».

«Forse», gli concesse la giovane dama, alzando il mento. «Ma condividere quel cosmetico ha significato molto di più dell'assecondare, come voi dite, un semplice desiderio di vanità. È equivalso a suggellare un patto. A renderci sorelle».

«Sorelle...», mormorò lui in uno slancio di perplessità. Quindi le si avvicinò per parlarle in confidenza. «A una cosa non sono ancora riuscito a dare spiegazione», sussurrò. «Perché rendervi complice di un misfatto?».

Ludovica lo scrutò sardonica. «Per il denaro, ovviamente!».

«Le finanze del vostro casato sono a tal punto ridotte all'osso?»

«Non navighiamo certo nell'oro», rivelò la giovane nobildonna. «Però le motivazioni che mi hanno spinta ad aiutare Filomena sono assai più profonde».

«Ossia?»

«Proprio voi me lo chiedete?», si meravigliò lei. «Voi che, libero dagli obblighi imposti dalla vostra famiglia d'origine, assaporate ogni giorno il piacere di essere il padrone di voi stesso? Voi che non siete oppresso dal costante assillo di un padre e di una madre ossessionati dalle regole di un ipocrita gioco delle apparenze?».

Vitale si astenne dal confessarle quanto quella tanto bramata indipendenza costasse continui sacrifici e sofferenze. «È questo che speravate di ottenere con il denaro?», concluse. «La libertà?»

«La libertà!», annuì con fermezza la contessina di Corvino. «La libertà alla quale una ballerina e persino una donnetta del volgo possono sperare di aspirare, ma non certo una nobildonna educata come un animale da cortile!».

«Così», la pungolò Federici, «avete ben pensato di accompagnarvi a una criminale».

Ludovica si strinse nelle spalle. «Se non altro», minimizzò, «è stato divertente».

EPILOGO

Dopo una breve perquisizione, le trovarono l'arma del delitto ancora addosso. Uno stiletto poco più lungo di un tagliacarte nascosto in mezzo alla sua corona di piume da ballerina.

Astenendosi dal commentare, Vitale guardò Filomena che veniva caricata dagli armigeri su una carrozza prigione e condotta al trotto lungo una strada intristita dall'imbrunire.

«Non è giusto», mormorò Bernardo, fermo al fianco del precettore. «Anche Ludovica di Corvino avrebbe dovuto andare incontro alla stessa sorte».

«Sua madre Astolfa ha implorato pietà al cospetto del granduca di Toscana», spiegò Federici. «Del resto, Ludovica non ha materialmente ucciso nessuno. Senza contare che, pur appartenendo a una casata in bancarotta, è pur sempre di sangue nobile. Se la caverà presentando una formale richiesta di scuse all'Accademia degli Immobili e astenendosi per un paio di stagioni dalla vita di società».

Il ragazzo lo scrutò in tralice. «Non mi sembra comunque giusto», insistette.

Vitale fu sul punto di dargli ragione. In un mondo perfetto, le due complici sarebbero state arrestate e imprigionate insieme, in attesa di essere sottoposte a un equo giudizio in grado di stabilirne le rispettive colpe. Anche se, pensò Federici, gli sarebbe dispiaciuto non poco vedere Ludovica trascinata via in catene. «Mi auguro...», cambiò discorso, mentre invitava il discepolo a incamminarsi insieme a lui lungo uno stradello diretto al Lungarno. «Mi auguro che l'indagine in cui siamo stati coinvolti vi abbia fatto riflettere su quanto asserisce Rousseau sulla differenza fra illusione teatrale e verità».

«L'una non si ispira forse all'altra?», replicò Bernardo, colto alla sprovvista.

Vitale scosse il capo. «L'arte del rappresentare le cose è assai diversa da quella dello studiarle», spiegò. «La prima ci intrattiene senza darci conoscenza di nulla. La seconda ci dà conoscenza del mondo reale senza necessariamente regalarci alcuna gioia».

E col sorriso malinconico di chi insegue una chimera, contemplò uno sciamare di giovani in maschera lungo le strade antiche di Firenze.

«Com'è accaduto quest'oggi», soggiunse.

NOTA DELL'AUTORE

Il teatro della Pergola, naturalmente, esiste davvero. Fondato dall'Accademia degli Immobili nel 1657, fu uno dei primi edifici di questo genere a essere stato dotato dei caratteristici palchetti del teatro all'italiana. Inizialmente riservato alla corte, fu aperto dal 1718 al pubblico pagante. Rimaneggiato, ampliato e decorato a più riprese, nel 1789 arrivò a comprendere ben cinque ordini di palchi.

Anche *Le feste d'Iside* è un dramma in musica esistito realmente e mandato in scena per la prima volta proprio alla Pergola il 10 febbraio 1794, in occasione del Carnevale. Mi scuseranno gli interpreti e gli organizzatori dell'opera per aver giocato con i loro nomi elencati sul libretto pubblicato lo stesso anno, a Firenze, per i tipi della stamperia Albizziniana. Dallo stesso libretto provengono le citazioni del dramma presenti in questo romanzo. Autentici, inoltre, sono i nomi di lord John Hervey e di Alexis de la Flotte, così come il riferimento storico al blocco militare del porto di Livorno e dell'insicurezza di Ferdinando III di fronte ai difficili equilibri politici dell'Europa di fine Settecento.

Frutto della mia fantasia sono invece, oltre a Vitale Federici e Bernardo della Vipera, i personaggi di Ludovica e Astolfa di Corvino, Filomena Prada, Theodor Grob ed Ettore Francini.

Concludo con una breve nota sul librettista Gaetano Rossi – al quale, mentre è in stato di ebbrezza, ho fatto declamare verso di François Villon – destinato a dar prova del suo talento a Venezia, presso il teatro della Fenice, e in seguito ad assumere la carica di direttore del teatro filarmonico di Verona.

RINGRAZIAMENTI

Grazie, come sempre, alle persone che mi sono state vicine durante la stesura di questo romanzo.

Prima di tutto, a mia moglie Giorgia. Poi a Raffaello Avanzini, il mio editore. A Federica Graceffa, la mia editor. Ad Antonella Sarandrea, la mia responsabile dell'ufficio stampa/eventi. A tutto lo staff Newton Compton. Infine, grazie a Roberta Oliva, la mia agente letteraria, e alla sua assistente Marta Carrolo.

LE FESTE D' ISIDE

DRAMMA PER MUSICA

DA RAPPRESENTARSI

NEL REGIO TEATRO

DI VIA DELLA PERGOLA

IL CARNEVALE DEL MDCCXCIV.

SOTTO LA PROTEZ. DELL' A. R.

DI

FERDINANDO III.

ARCIDUCA D' AUSTRIA

PRINCIPE REALE D' UNGHERIA E DI BOEMIA

GRAN-DUCA DI TOSCANA

ec. ec. ec.

IN FIRENZE MDCCXCIV.

Nella Stamperia Albizziniana da S.M. in Campo

PER PIETRO FANTOSINI.

Con Approvazione.

ATTORI.

SESOSTRI Re di Egitto, e Padre di
Sig. Giovanni Ansani.

NITOCRI sotto nome di Azema gran Sacerdotessa d' Iside.
Sig. Teresa Bertinotti.

ATAMARO Scita di Nazione Generale di Sesostri Iniziato.
Sig. Girolamo Bragura.

OTTANE Gran Sacerdote d' Osiri.
Sig. Cesare Biscossi.

BEROE Sacerdotessa d' Iside.
Sig. Teresa Feraglia.

COMETE Confidente di Sesòstri Iniziato.
Sig. Pietro Bonini

CORO.

di Sacerdoti.
di Sacerdotesse.
di Popolo.
di Iniziati.

ATTORI CHE NON PARLANO.

Quattro Prigionieri.
Due Guerrieri armati di ferro.
Grandi del Regno.
Furie.
Guardie di Sesostri.
Sacerdoti, e Sacerdotesse di Venere.

La Musica è tutta nuova del Sig. Maestro Sebastiano Nasolini di Venezia.

Pri-

Primo Violino, e Capo dell' Orchestra
Sig. Gio. Felice Mosell'.

Maestro al primo Cimbalo
Sig. Michele Neri Bondi.

Al Secondo Cimb.	Sig. Gherardo Gherardi.
PrimoViol. dei Secondi	Sig. Salvadore Tinti.
Primo Viol. dei Balli	Sig. Vincenzio Bianciardi.
Primo Contrabbasso	Sig. Cosimo Corona.
PrimoViolonc.dell'Opera	Sig. Gio. Gragnani.
Violoncello dei Balli	Sig. Giorgio Piantanida.
Primo Flauto	Sig. Niccolò Dòthel'.
Primo Oboe	Sig. Gio. Michele Sozzi.
Primo Clarinet	Sig. Francesco Tuly.

Le Scene nuove dell' Opera, e Balli saranno del Sig. Giovanni Chiari di Milano, Celebre Architetto, e Pittore Teatrale.

Il Vestiario è di proprietà del Sig. Francesco Cecchi eseguito per gli abiti da Uomo dai Sigg.Francesco, e Giuseppe Padre, e Figlio Mori, e per quelli da Donna dal Sig. Gio. Bat. Rigagnoli Sartori Fiorentini.

Macchinista, e Direttore del Palco Scenico
Sig. Giuseppe Borgini.

Inventore e Direttore dei Balli il Sig. FRANCESCO CLERICO eseguiti dai seguenti.

PRIMI BALLERINI SERJ ASSOLUTI.

Sig. Gaetano Clerico. Sig. Margherita Prada.

BALLERINI DI MEZZO CARATTERE.

Sig. Carlo Berchielli. Sig. Giuseppa Taglioni. Sig. Filippo Taglioni.

PRIMI GROTTESCHI A VICENDA.

Sig. Carlo Taglioni. Sig. Beatrice Picchi. Sig. Anna Papini. Sig. Domenico Bolognini.

PRIMI BALLERINI SERJ.

Sig. Francesco Clerico *sud.* Sig. Rosa Clerico

Sig. Pietro Fiorelli.

Con Num. 24. Figuranti.

PRIMO BALLO

LA SPOSA PERSIANA

SECONDO BALLO

GLI SCHERZI AMOROSI.

ATTO

INDICE

Marcello Simoni

La cattedrale dei morti

Volume di 224 pagine. € 9,90

Dotato di arguzia e di un formidabile spirito di osservazione, il giovane Vitale Federici, cadetto di Montefeltri, viene chiamato a indagare su un concatenarsi di delitti all'apparenza insolvibili. L'Italia di fine Settecento, tuttavia, si rivelerà presto ai suoi occhi come un insidioso gioco di apparenze, sotto il quale si celano le macchinazioni di aristocratici, religiosi e magistrati. Le città di Roma, Urbino e Venezia diverranno per lui autentiche trappole mortali, dalle quali potrà salvarsi soltanto grazie al lume dell'intelletto e all'arte della dissimulazione.

NEWTON COMPTON EDITORI

Marcello Simoni

La taverna degli assassini

Volume di 224 pagine. € 9,90

Anno del Signore 1793. Granducato di Toscana. Un castello fondato su un'antica abbazia, un cadavere avvolto nei tralci di una grande vite. Sotto le luci di un'alba invernale, i vitigni innevati del barone Calendimarca si rivelano teatro di un omicidio. Non solo un enigma inspiegabile, ma anche un'onta per il casato del nobiluomo. Vitale Federici, insieme al suo devoto discepolo Bernardo della Vipera, si ritroverà a investigare su un delitto i cui moventi sembrano affondare nell'antica tradizione vinicola della famiglia baronale, e nella sua cantina sotterranea che, simile a una biblioteca, pare celare un indizio sull'identità dell'assassino. Riuscirà Vitale a fare luce su questo caso, in cui ambizione, inganno e antiche passioni si intrecciano in un mistero forse impossibile da decifrare?

NEWTON COMPTON EDITORI